看

铁凝　王安忆　池莉　迟子建
徐怀中　冯骥才　贾平凹　阿来
韩少功　周大新　王树增　格非
……

坦率
Be Frank

潘凯雄

著

上海文艺出版社

图书在版编目(CIP)数据

坦率/潘凯雄著.—上海:上海文艺出版社,2020
ISBN 978-7-5321-7777-6

Ⅰ.①坦… Ⅱ.①潘… Ⅲ.①散文集-中国-当代 Ⅳ.①I267

中国版本图书馆 CIP 数据核字(2020)第 147354 号

责任编辑:陈　蔡
特约策划:李　殷
装帧设计:刘　静

坦　率
潘凯雄　著
上海文艺出版社出版、发行
地址:上海市绍兴路 74 号
电子信箱:cslcm@public1.sta.net.cn
网址:www.slcm.com
新华书店经销　上海利丰雅高印刷有限公司印刷
开本 889×1194　1/32　印张 9.875　字数 200,000
2020 年 9 月第 1 版　2020 年 9 月第 1 次印刷
ISBN 978-7-5321-7777-6/I·6176　定价:88.00 元

自　序

本书收录的五十则小文都出自 2016 年起我在《文汇报》开设的名为"第三只眼看文学"的个人专栏，也算是对自己四年来阅读与专题写作的一个阶段性小结；至于为何命名为"第三只眼看文学"，本专栏的开篇之作对此已经有了一个概略的说明，这里也就不再重复。由于这五十则拙文绝大部分都是细读某一具体文本后的心得，即便有少数几则议论的对象是某种现象而非文本，但这些现象亦事关阅读，且对现象的阅读也算是一种阅读，因此本书在正文之后附录了我就阅读问题先后写下的五则短文，这既可作为本书正文的一点附注，亦是本人关于阅读的一些基本想法。需要说明的是，这本小书并没有以专栏名为书名，而是为它另起了一个更简洁的名字——《坦率》，之所以如此，一则如果以专栏名为书名确有"跟风"之嫌，二则因为有朋友注意到"坦率地说"这四个字在这个系列专栏中出现的频率最高,当时我即半开玩笑地回应:"好吧,以后这个专栏如果有幸结集出版,那书名就叫《坦率地说》。"尔后再一斟酌,与其叫《坦率地说》,不如干脆就叫《坦率》来得更为简洁,同时也与本人写作这个专栏的初衷十分地贴。

在开设这个专栏之初,我曾经乐观地设想:既然名为专栏,那就尽量争取每两周完成一则,这样一年大致可保证专栏出现二十五六次,是为专也。作这样的设想从时间上说也不是完全没有依据,即花七八天读完一部作品,再用两三天写出两千来字儿。但现在四年下来,总共才完成了五十篇,平均每年不过十二篇的样子,只是自己最初设想的一半,这样的效率着实令自己汗颜。自省其原因:确有某个时段属于自身可支配的时间实在不够,但这是小概率;而大概率则是作品读完了,自己竟然无话可说。这当然不能怨作品而只能归咎于自己的才疏学浅,也再次应验了那句老话:学无涯。

回想起来,本人身为中文系的毕业生,能够在二十世纪八十年代那个文学的时代就进入《文艺报》社工作不能不说是一种幸运,那里作为中国作家协会的机关报和文学批评的重镇,自然容易在第一时间接触到文学创作一线的各种信息和许多的作家评论家。身处这样的时代,置身这样的环境,想不从事文学批评都难。我的写作也就是在那个时候开始起步,但与同时起步的写作者略有不同的地方则在于本人一开始只是"双打"选手之一,搭档便是当时的同事、现在的大教授贺绍俊。关于这段历史,最近在拜读程光炜教授的新作《当代中国小说批评史》时发现其中竟有所记载。在程教授眼中,"二十世纪八十年代中期,北京批评圈中的'双打'批评家,成为小说批评的一道亮丽的风景",这其中就包括贺绍俊和我。但后来"潘凯雄几经转任","因职务缘故","九十年代后逐渐淡出了文学批评的视野"。程教授描述的事实是客观的,也正是因这"几经转任"和"职务缘故",遂造就了我这种既"淡出了文学批评的视野",又与文学和写作始终还保持着一种若即若离的状态。

二十世纪九十年代后半叶,我的职业除依然与文字相关外,和文学几乎没了任何联系。但人或许也只限于我就是这样一种顽固的动物,一旦形成了某种习性,改起来就真是难乎其难。比如二十世纪七十年代后半段,因住家与单位距离甚远,加之当时交通又极不便利,因而每天不得不早早起床辗转于舟车赶去工厂,结果直到现在依然是清晨五点三十分一准醒来。同样的道理,吃了十几年的"文学饭",一旦换个味口,虽还不至于难以下咽,但内心总是有着那么一份惦记。尤其戒不掉的就是阅读,而读过后倘有点心得手还就跟着痒痒了。那时候我也曾有意识地不去读所谓的"纯文学"作品,而专门到市场上去挑那些只是畅销的书来打发空余时光,诸如金庸、梁羽生、琼瑶、三毛、亦舒、岑凯伦、西德尼·谢尔顿等。一批畅销书作家就是那时进入了我的阅读世界,但看着看着就觉得真正的畅销书其实也是有讲究的,于是手又痒痒起来。当时蒙一些老朋友诸如时任《文汇读书周报》主编储钰泉等的不弃,就在报刊上断断续续地以"畅销书评"的个人专栏形式写下了一些研究畅销书奥秘的小文。也就是从那时起,觉得开个专栏确是逼着自己偷不了懒或至少是少偷懒的好办法。毕竟人家报纸同意你开设个人专栏也不是一件那么容易的事,既然开了又不能专心做下去,岂不是对不住那些报纸或朋友。

就这样"厮混"到了二十一世纪,一个偶然的机会,我又"转任"到了人民文学出版社,在大的概念上也勉强可以算作重返文学界,只不过这时的文学出版既头顶着导向管控又面临着市场激烈竞争的双重压力,一部部数十万字稿件的终审压得人根本喘不过气来,爱看的不爱看的都不得不看,这样的条件根本谈不上心仪的阅读和带有研究性的系统写作。只是老毛病还是改不掉,只要有阅读就难免会有想法,而有了想法手就发痒,没时间整长的就来短的,没条件系统性就碎片化,逼迫自己不懈怠的办法还是开个人专栏,于是在人民文学出版社工作的十年就先后在《南方周末》《中华读书报》《中国青年报》和《文汇报》等报纸开设过"新作过眼录""终审札记""镜与灯"和"呆思录"等个人小专栏，每月一两则，每则千余字。虽无他用，但治治自己"手痒症"还是略有功效。

本以为自己此生的职业生涯就是在人民文学出版社画上句号了，谁知道这个世纪第二个十年开始后不久，又被"转任"到了这家出版社的主管单位工作，虽也有"出版"二字，但干的活儿只是服务出版，打交道更多的不是财务就是资本，还有那个谁都可以说上一嘴的所谓数字化。不能违心地说自己内心多么情愿，但"服从"二字在我们这代人心中还是颇有些分量的。尤其是拿着公家的俸禄就得听公家的吩咐，这也是一种起码的职业道德。于是该干啥干啥，该眼馋手痒时就业余时间解解馋止止痒，办法还是利用业余时间写自己的个人专栏，于是就有了今天的这本小集子。

感谢《文汇报》的不弃，也要感谢自己的不离，才创下了这个专栏坚持写作四年五十篇的个人历史记录。在这四年中，《文汇报》领导的厚爱和编辑的专业令我感动，文字上的一点点瑕疵，表述上的一点点歧义，他们都会认真地一一查询纠正。这样的敬业与专业在当下更显出特别的珍贵与温暖。

这则名为"自序"的小文与这本小集子的内容其实并没有

太多的关系，而只是粗略地梳理回眸了一下自己近二十多年来在不同媒体上写作个人专栏的缘由与历史。在这段时光中，对我专栏写作鼓励与帮助甚多的陈志红、储钰泉和徐虹等挚友先后都被万恶的病魔夺去了年轻的生命，每念及此，不禁黯然神伤、唏嘘不已，愿他们在天堂和顺安好！

是为自序。

2020年元月于北京

目 录

001 —— 我为什么要选择这"第三只眼"

005 —— 悬疑外壳下的一场文学实验
· 看王安忆的《匿名》

010 —— 长篇小说的"长度"到底多"长"为适宜
· 看贾平凹的《极花》

015 —— 报告文学文体的变异
· 看杨黎光的《横琴——对一个新三十年改革样本的五年观察与分析》

020 —— 一堆"碎片"如何奇妙地粘成了一缕朝霞
· 看吴亮的《朝霞》

025 —— "茧"虽破,蝶如何
· 看张悦然的《茧》

031 —— 看张炜这位"药师"如何耍"独"
· 看张炜的《独药师》

037 ____ 池莉的"退隐"与自媒体的"狂欢"
• 看池莉的《池莉诗集·69》

042 ____ 信念不朽
• 看王树增的《长征》

047 ____ 消费时代的高铁能否载着人们重返故乡
• 看阿来的《河上柏影》

052 ____ "一颗不掺假的心"
• 看铁凝的《以蓄满泪水的双眼为耳》

058 ____ 文学阅读的"指挥棒"有无可能"显灵"
• 看文学阅读

063 ____ 往事与回想如何"微"呈现
• 看韩少功的《枪手》

069 ____ "最佳"飞舞当从容
• 看"榜单"

075 ____ 小说创作只有精彩与平庸之异
• 看赵本夫的《天漏邑》

080 ____ 不专业无产业
• 看徐俊的《鸣沙习学集》

086 ____ 毕飞宇的"刀功"是如何练成的
• 看毕飞宇的《小说课》

093 —— 小说叙事还可以这样推动
- 看张怡微的《细民盛宴》

098 —— 比"天有二日"更重要的
- 看卜键的《天有二日？——禅让时期的大清朝政》

103 —— 一双穿透硝烟的慧眼
- 看范稳的《重庆之眼》

108 —— 将军驰骋岂止在战场
- 看朱增泉的《朱增泉散文与随笔》

113 —— 命运，在战争中锤炼
- 看张翎的《劳燕》

119 —— 生活诚如此　态度尤重要
- 看李娟的《记一忘二三》

124 —— 为渐渐老去的人们点亮一盏灯
- 看周大新的《天黑得很慢》

129 —— 真学问是这样做出来的
- 看陈尚君的《星垂平野阔》

135 —— 创意的贫瘠
- 看"重复出版"

140 —— 平凹"三搏"
- 看贾平凹的《山本》

145 ____ "候鸟"来了
- 看迟子建的《候鸟的勇敢》

151 ____ 莫让阅读失其"本"
- 看"阅读"

156 ____ 那个"整夜整夜聊文学的时代"
- 看朱伟的《重读八十年代》

162 ____ "曙光"迸发
- 看龚曙光的《日子疯长》

167 ____ 明"是"而知"非"
- 看于殿利的《出版是什么》

173 ____ "经典"是这样成就的
- 看阿来的《尘埃落定》出版二十年

178 ____ 城有病,人知否
- 看杨黎光的《家园——对现代化进程中"城市病"治理的思考》

184 ____ 揪着你慢慢抵达人性深处
- 看那多的《19年间谋杀小叙》

189 ____ 文学史写作的别一样风景
- 看程永新的《一个人的文学史》

195 —— 从书斋人到社会人的成长
  • 看张柠的《三城记》

201 —— 血色硝烟中飘来缕缕清风
  • 看徐怀中的《牵风记》

206 —— "单筒望远镜"中的过去及未来
  • 看冯骥才的《单筒望远镜》

212 —— 看,这棵"大树"上挂着的那些"小虫"
  • 看池莉的《大树小虫》

218 —— 离别家乡岁月多　近来人事半消磨
  • 看刘醒龙的《黄冈秘卷》

224 —— 再回首,恰同学四十年
  • 看韩少功的《修改过程》

229 —— 掰开来、再穿透、有味儿
  • 看张欣的《千万与春住》

234 —— 比结论更重要的是研究的视野与方法
  • 看李爽的《夜光·艺术、哲学、生命:李爽、魏明德对话录》

240 —— 瞧,那些在"风眼"中的出版人儿
  • 看孙颙的《风眼》

246 —— 一个长于思辨,一个精于细读
  • 看吴亮的《或此或彼》和程德培的《黎明时分的拾荒者》

252 —— 真正的先锋从来就不只是一种姿态
  • 看格非的《月落荒寺》

257 —— 活着，但要记住
  • 看邓一光的《人，或所有的士兵》

263 —— 一部向死而生的安魂曲
  • 看阿来的《云中记》

269 —— 穿透哀婉　撕碎优雅
  • 看蒋韵的《你好，安娜》

附录：

276 —— 阅读其实并不复杂

280 —— 安静的阅读

284 —— 读不读？读什么？

288 —— 各得其所：阅读的率性与专一

292 —— 学者、出版人在推动全民阅读工程中的角色定位

297 —— 让阅读自由地飞翔

我为什么要选择这"第三只眼"

年稍长一些且爱读书的朋友们大约不会忘记二十世纪九十年代上半叶曾有一本题为《第三只眼看中国》的图书很是热闹过一阵子，二十多年过去了，现在大约已没有多少人能说得出这本书都讲了些啥以及它何以热闹起来，但要说"第三只眼"和所谓"伪书"这两个热词儿就是打这本书后开始流行起来的恐也是不争的事实。单是要统计一下"第三只眼"看"××"的"××"到底有多少就不易，以至于一些以识别为主要功能的电脑软件都要以"第三只眼"来命名，其流行热度亦可见一斑。不过，这"第三只眼"虽是流行，但也没啥特别的神秘和神奇之处，用大白话引申开来不过就是换个角度看问题的意思。

然正是这"换个角度看问题"的引申与本人一段时间以来观察某部文学作品、某些文学现象的考虑甚是吻合，于是，干脆就以这"第三只眼看文学"作为拙专栏的命名罢。

其实,"看文学"又何止存在"第三只眼",常言不是也说"有一千个读者就有一千个哈姆雷特"吗？此言本不谬,无非就是见仁见智而已,不足为奇。话虽这样说,但在我们的日常所见中,进入眼帘或耳中更多的则恐怕还是来自对立两极的议论,或者说这种议论的观察点与立足点都是发自两端。只要看看我们日常流行的一些术语就明白了,它们大多是成双成对地出现,诸如雅与俗、纯与杂、精英与市场、传统与现代、个性与类型、正宗与旁门……

如果仅仅只是这般也就罢了,问题还在于不仅是观察问题的立场与视角来自两极,而且在看似平静的各自表述中还隐藏着不可调和的对立、暗含着你死我活的冲突,有你无我,非此即彼。比如但凡雅、纯、精英、个性一路与市场、流行之类就很难交集,再极端点,流行、市场、类型就几乎成了不雅、非精英的代名词。又比如,所谓网络原创文学,一方面它们为自己拥有巨大的上传文字量、海量的点击率和超强的吸粉能力而自豪自炫,另一方面又为自己总是得不到来自所谓"正宗"阵营的积极反应而悻悻然,以至于要另行制定"评价标准"并由这些标准构成另一"评价体系"……

面对如此针锋相对,或暗藏杀机、或热闹非凡,我却总以为有点"虚火"一场。有没有可能"多谈点问题、少说点主义"？有没有可能不那么针尖对麦芒，不那么急于贴标签？雅、纯、精英、个性之类就真那么"高大上"？市场、俗、类型就真的那么不堪？在雅、纯、精英、个性与市场、俗、类型之间难道就没有一些交集的地方？再极端点说：某些所谓"专家"眼中对所谓"雅、纯、精英、个性与市场、俗、类型"的理解与判断就一定准确与到位？这些其实都是大可怀疑的。有没有可能先抛开这些简单先验的判断，就作品说作品，就现象说现象？于是就想到了"第三只眼"，就有了"第三只眼看文学"这个系列。

说起本人这"第三只眼"的由来倒也偶然。坦率地说，在从事文学出版之实务之前乃至此后的一小段时间内，自己的阅读之"眼"基本上也就是一个所谓"专业评论之眼"，亦可自诩归集为"纯文学"一类；然但凡以这单一之"眼"来下判断，原以为还不错的作品其市场反应往往都不及预期，莫非真应验了"曲高和寡"那句老话？但本人另外的一些出版实务经验又不时在提醒：还真有一些既"曲高"又"和众"的作品实实在在地存在着、流行着。再细细想来：这些"曲高"的作品之所以能"和众"，除少数确有那么点文学外作品外的因素，绝大多数则都还是文学内的缘由，说到底也还是一个作者

"写什么"与"如何写"的问题。这样残酷的现实逼得我不得不强烈而深刻地反省自己原来那所谓的"专业评论之眼"而开启"第三只眼"。

我不想简单地说:这"第三只眼"就一定如何如何?而只是由此更加坚定地以为:看文学读作品的维度真的不少,彼此间也未必那么对立。重要的还是要真真切切地读作品,尽可能多地看原作,从写作与接受两个维度找规律而不是简单地以某种所谓"高深""创新"之论来套作品、下判断,以"教师爷"之辈分而"顺我者昌逆我者亡"。

唠叨了半天,还是没说清本人这"第三只眼"到底是个啥?干脆就此打住,直接进入看文学。

2016年2月于北京

悬疑外壳下的一场文学实验

看王安忆的《匿名》

当新年的脚步临近之时,便有不少媒体以"王安忆长篇小说新作《匿名》开局2016文坛"为题表达出他们的期待之情。

王安忆之所以每有长篇小说新作面世便令人期待,我想至少有如下两点缘由:第一,在她近四十年的创作生涯中,自打《本次列车终点站》之后,其创作状态大抵稳定在一个高水准线之上,几乎没太多的高低起伏;第二,隔上若干年,王安忆的创作总会发生一次令人多少有些瞠目的变化,比如《小鲍庄》、比如《小城之恋》、比如《长恨歌》等都可以视为这种变化的标志性作品,而且这种变化还总要在文学史上留下若干话题。

那么,王安忆这次的长篇小说《匿名》是不是又会如此呢？

果不其然！

作品以一位退休返聘在民营外贸公司工作的上海老头儿之失踪为开局，而这位老头儿平日里的作息时间又是极为规律的，这就不能不令人立即想到老头儿出事了。一个典型的悬疑小说的开场；至于出了啥事？是交通事故、是被绑架还是其他……作为悬念，这些本都是可作为暂且按下不表且容后面缓缓道来的戏码或扣子，但王安忆却反其道而行之，她很快便告知读者：老头儿原来是被错当成了卷钱跑路的老板"吴宝宝"而被黑道所绑架。行文至此，《匿名》依旧还是一个典型的悬疑小说开场，依释疑之逻辑，接下来就应该是绑架者是谁、为何行绑、老头儿命运如何如何……一一登场亮相了。然正是在这坎节上，王安忆却开始毅然决然地走上了"岔道"：老头儿在经历了绑匪们的审讯并失忆后被抛入一个叫作"林窟"的大山褶皱之中，原本日出而作日落而息的老头儿不由自主地被远离了现代城市文明，忘记了自己的姓名、身份和来路，所幸还记得语言与文字。于是，在褪去了文明的外衣之后，老头儿不得不进行人类的二次进化，在这片原始蒙昧的匿名天地中艰难求生。

原来，此"匿名"非彼"匿名"！事实上，王安忆从一开始压根就没想将《匿名》写成一部悬疑小说,也无意于让故事的主人公演绎成当代版的鲁滨孙。她只是要利用这个外壳进行一场文学的实验,希望通过老头儿从人类原始状态一步步自我进化、自我命名、自我建构的过程,来探讨人类自我与历史、语言与文字、文明与时间之间的玄妙关系,试图表达的是关于时间、自然、语言、社会发展等比较抽象的内容。然而,我们必须承认让一部小说承担起如此沉重的任务,肯定不是一件容易的事情,特别是作家使用的又是典型不过的悬疑小说开局,因此作品中那些大段的哲学思辨也肯定会让那些想看惊险刺激故事的读者备感失望,惶惑而不得其解直至失去耐心,以至于王安忆自己也承认《匿名》"不太容易读",吁请读者要"耐心点,坚持看完下半部"。

经过对《匿名》这样一番简单的复述,不难看出王安忆的创作的确又在变,而且变化还不小。而这样一番不小的变化难免还会引起一番不小的议论:或褒或贬、莫衷一是。其实,一部作品能够引起争议总比一部作品无声无息要有意义有价值,至少说明这部作品在受关注且有值得咀嚼的地方。就《匿名》而言,现在的争议似乎只是聚焦于"好不好看""可读性强不强"这一点上。为之点赞者使劲在帮着阐释作品的深邃与新意,乃至鼓励作者"要有勇气写一部不好看的东西";而以为"不好看"者倒是不说什么理由,只是在阅读行为上做出反应:不看!

坦率地说,笔者并不太喜欢这样的争议。"好不好看"或"可读性强不强"从来就不是评价一部作品优劣的重要标准,"不好看"或"可读性不强"的作品而成为传世经典者并非凤毛麟角;相反,很是"好看"与"可读"者却昙花一现也不在少数。因此,重要的根本就不在作品的"好看"和"可读"与否,作为旁观者特别是专业的研究者也大可不必去鼓励作者"要有勇气写一部不好看的东西",而在于作者试图传递的对生活的认知与思考和其所选择的传递方式是否和谐?

也正是在这一点上,我对王安忆在《匿名》中的种种近乎形而上的哲学思考完全不持异议,这样的小说"不好看"甚至形同"天书"也不奇怪,文学史上不是没有这样成功的先例;这样的作品如果思考深邃且艺术处理得当,也完全可能成为经典,但从读者接受的角度而言则多半逃不出"小众"的宿命。我只是以为:如果说《匿名》有不足,那就是作品的开局实实在在地套用了一个典型的悬疑小说外壳,这就必然导致读者自然地沿着阅读悬疑小说的惯性往下走,而悬疑小说这种类型的一个基本支撑点就在于它的节奏以及节奏与节奏间的扣子。单是这一点,就与《匿名》欲表达的初衷大大地"拧巴",这也就怨不得读者、特别是那些普通读者缺乏"耐心"了。

我不敢说小说就一定不可以这样"拧巴"着写,但从《匿名》的阅读体验而言,这样的"拧巴"似乎还是可以商榷的。单从老头儿刚遭绑架而被塞在车子后备厢中这个细节看,本是人命关天的节骨眼,作者偏要慢悠悠地让老头儿在后备厢中"意识流",而这几页篇幅的"意识流"既坏了悬疑的节奏也与作者的探索没太多关系,这样的"不好看"与作者是否"有勇气"也无任何关系而不过只是一个艺术表现如何处理的问题。类似这样的"拧巴"归结起来无非都是在凸显一个问题:作者在试图传递自己对生活的认知与思考时还要不得不考虑其所选择的传递方式与之是否和谐。

2016年2月于北京

长篇小说的"长度"到底多"长"为适宜
看贾平凹的《极花》

自打《古炉》之后,贾平凹的长篇小说创作确是够勤奋的了,据我所知,就他本人写作而言,基本上是年产长篇一部,从《古炉》到《带灯》到《老生》再到新近出炉的《极花》莫不如是,只不过是出版方为了控制一下出版节奏而有意识地延缓了些面世的时间,即使如此,也差不多还是每两年时间就有一部新长篇问世。

不仅如此,我印象中从《古炉》到《极花》,平凹的长篇是一部比一部写得短。在《人民文学》今年第一期上读到的《极花》不过十五万字,杂志上也并无"本刊有删节"一类的说明文字,细读文本,除去结尾处略有突兀感外,整体上写得还是十分从容的,因此,可以断言即便是有删节也不会删去多少。记忆中这应该是平凹所有长篇小说中篇幅最短的了。

那么，平凹会不会以牺牲作品的长度来换取完稿的速度呢？十五万字固然够得上长篇小说的篇幅，但这终究在贾氏以往的长篇写作中还未曾出现过呢。坦率地说，我就是带着这样的疑虑开始阅读《极花》的。

要说《极花》的故事倒也的确简单：一个从农村随母亲进城捡破烂时间不长的青年女子胡蝶在即将开始自己的都市少女梦之时却被欺骗拐卖到一个更加贫穷封闭的山村沦为人"妻"，经历了从拼死抗拒、极力出逃的愤怒到怀孕生子、求救得救的曲折艰难，正当人们要为这个女子的成功逃出重获新生而喘口气时，故事却以胡蝶出人意料的举动而戛然结束：她自己竟然又悄然回到了那个曾经不惜生命也要挣脱出来的山疙瘩。这个故事所折射出的自然是当今中国存在的一个社会问题，甚至也可称之为一种社会现象，因此我们似乎也就此可以认定《极花》是一部反映社会问题的小说，而这样的故事与社会问题一般来说用一个中篇甚至是短篇的篇幅也不是不可以承载，而现在平凹却硬要将其抻到了十五万字，那又会不会有"注水"的嫌疑？

然卒读全篇，我们发现这个以被拐和出逃为轴心的故事在十五万字的《极花》中所占篇幅并不多甚至也可以说很少，更多的篇幅则留给了那个名叫高巴县圪梁村的地方：那里的政治生态和经济生态；那里的土地和那里的乡亲。通过胡蝶这人的倔强个性联结起黑亮这样的光棍汉群体的生活梦，联结着麻子婶、訾米这样的女性共同体，也联结着老老爷、黑亮爹、瞎子等前辈那古老而蒙昧的天地观、生命观以及冥冥不觉中的善良、简单与憨厚。道出了这片贫瘠土地上时世生存的纷繁与人性物理的丰饶，也是对地方志博物志一类地方性知识谱系的精妙写照。

如此看来，《极花》不仅是一部地道的长篇小说，而且还是一部烙上了贾氏鲜明印记的较为成功的长篇。这就令笔者想起了当下长篇小说写作中一个带有某种普遍性的问题。

在中国，衡量一个时期或者一位写作个体文学成就高低与否的一条重要标准就是看其长篇小说的成就如何？不能说这样的标准毫无道理可言，但至少是单调简单了些，欧·亨利之与伟大作家称号联系在一起的全部原因只归于那些不朽的短篇。或许正是因为我们这里这种简单单调的评价标准，导致了长篇小说写作成为我们年度写作的大户。据统计，现在我们年出版长篇小说已达四千五百部左右，这还不包括那些直接上传到网络上的难以统计的所谓"网络原创文学"。在如此庞大的长篇小说"产能"大军中，且不简单地说也需要"去产能"，但这个"供给侧的改革"则是绝对必需的，而改革的首要问题之一就在于所谓长篇小说之"长度"。

长篇小说的"长度"到底多"长"为适宜？这显然又是一个难以有着标准答案的问题。之所以被称之为长篇，适当的"长度"自然是长篇小说存在必要的保障，否则就难以有长篇、中篇与短篇之别，因此传统教科书或辞书告诉我们：长篇小说之长度一般不少于十至十二万字。但阅读体验又真切地告诉我们：仅仅只是有"长度"这样的物理尺度保障，也未必就能保证成就出一部长篇小说。现在我们长篇的"产能"中，不仅是"总产能"一涨再涨，即使是"单产能"也是居高不下，长风日盛已成不争之事实。一部长篇动辄数以五六十万字乃至百万以上，看似"史诗"式巨构，却就是经不起阅读。不少号称的长篇怎么看不过就是一部中篇甚至是短篇的放大，这种"拉面"式或"注水"式长篇的泛滥绝不仅仅只是糟践了长篇的声名与质量，而且还可惜了一些本有可能出现的好中篇。由平凹的《极花》我们倒是可就长篇小说的写作看出这么一点门道：一部长篇小说的成功，只要在底线之上，字数的多寡并不重要，而容量的大小与含量的轻重远比字数的多寡重要得多，将一部中篇生硬地抻拉成长篇或反过来将一部从容的长篇强行挤压得短一些都不是长篇小说写作的成功之道。

2016 年 3 月于北京

报告文学文体的变异

看杨黎光的《横琴——对一个新三十年改革样本的五年观察与分析》

理性与思辨一直是杨黎光报告文学创作中的突出个性与特色，早在二十年前他的成名作《没有家园的灵魂》中这个特点就已初见端倪。在我的阅读记忆中，这应该是较早一批涉及反腐题材的报告文学作品之一，在那个年代里，仅是题材的猎奇就够诱人的，但杨黎光却能够从那个贪腐大案中跳出来冷下来思考诸如"枕头"与"幸福"这类关乎人生的终极问题，不易！

不仅如此，这种理性与思辨的特色在杨黎光的报告文学写作中也在一直发生着程度不同的变化。在他早期创作中，其理性与思辨基本上还只是融入一个中心人物或一个中心事件，作品的主干还是人物与事件；《瘟疫：人类的影子》差不多可以说是杨黎光创作发生变化的一部过渡性作品,这部以2003年发生在中国大地上的那场"非典"为中心事件的长篇报告文学虽也还可以说出一个中心事件,但事实上,这个中心的边界已经从"非典"延伸到了人类瘟疫的演变史;再往后到了《中山路》的问世,所谓中心人物和中心事件便基本荡然无存,作品的主角儿变成了N条名为"中山路"的路,骨子里则是自1840年以降所开始的中国艰难的现代化之路,人物与事件完全被问题所取代。而杨黎光最新问世的长篇报告文学《横琴——对一个新三十年改革样本的五年观察与分析》则更是将这种演变推到了登峰造极的地步,整部作品说不出一个贯穿始终的人物,也缕不出啥惊心动魄的事儿,剩下的就是一片名叫"横琴"的地方和作者的"十个观察与分析",骨子里还是问题,即经历了三十年改革开放且取得世人瞩目成就的中国下一个三十年究竟该如何走下去?

如此宏大的问题又岂是一部我们曾经习见的即使是长篇的报告文学所能负载?因此,我曾经在《横琴》的研讨会上说到自己的阅读感受时戏言"自己基本没办法像以往阅读报告文学那样来看这部作品,而更多时候就像是在读一部有关社会发展的专题研究报告,阅读的速度也因此而慢得很"。

我这样的描述在当时的确不含任何或褒或贬的价值评判,

而只是对自己阅读状态的一种客观写照,且自己的这种感受在当时与会的其他专家中竟也有些共鸣,只不过当时在会上大家并没有就《横琴》的文体多作纠缠,而都是以"思辨"一词一言带过。事后再一想,如果较真儿,还真有一个问题:这种文学化的研究报告肯定既明显不同于传统的报告文学也肯定不是严格意义上的学科研究报告,那么它是否有可能变异成长为报告文学大树上的另一新枝?

当然,传统的报告文学在文体上其实也一直在悄然嬗变着,过去我们所熟悉的报告文学代表作品大多的确都是围绕着一个中心人物或事件展开,而愈往后,这个中心人物或事件的半径则不停地在扩大、维度不停地在增多,以至于一度出现了以"大"为美的报告文学,多少有些历史人物或历史事件文学化的倾向。而大家之所以对报告文学出现历史的文学化或文学化的历史倾向不存多少异议,我想还是因为人物与事件这两个报告文学的基本要素依然还在,丢失的只有及时新闻性这一点。而文学化的研究报告则显然不同了,它所面对的毕竟不是人物不是事件而是问题,这的确可能会令一些人由此而从报告文学的文体角度提出质疑。再说严格意义上的学科研究报告,有些文学化或许还不是问题,致命的还在于支撑起研究报告的是要求有更多的数据与实证,这些东西恐怕又是报告文学所难容的,这也是我认为《横琴》只是像而终究不是研究报告的根本原因。

由此可见,杨黎光的报告文学写作从以思辨见长走向现在的"非驴非马"的确给报告文学的写作与研究提出了一个新的课题:是在传统报告文学的基础上继续开疆拓域还是干脆剑走偏锋另辟蹊径?仍旧以《横琴》为例,杨黎光写作这部长篇报告文学的初衷就是要以珠海横琴新区为新三十年改革样本并对其改革发展的成败得失进行"十个观察与分析",如此宏大的叙事,的确很难通过一两个中心人物或事件的传统报告文学写法而得以实现,因此我们是否也可以这样认定:正是这种创作初衷决定了杨黎光选择文学化的研究报告式写作就成为一种必然?而比之于传统报告文学的写作,《横琴》之长首先在于它所反映的社会生活面更见广阔,作家的思考也可以来得更直接;其次由于作家这种职业的敏感导致了他对某些问题的观察与捕捉比之于专业学者更加独特和迅捷;第三自然就是作家的文学能力决定了他笔下的感染力与影响力要强于专业学者。而《横琴》之短,如果立足于文学,则由于作者偏于"观察与分析",因而整部作品确有理性大于文学性、概念大于形象的特点,这样一来,读者的接受就必然少了些潜移默化而多了些被灌输被教化;反过来如果立足于研究,则因为作家终究不是专业学者，终究感性与形象之类已不可挽救地融入他的血液，因此在某些专业判断上或许失之于偏。而正是这样一种成败得失分明的写作或许已经道明了文学化的研究报告式写作本身的长长短短，再往根本上说：任何一种文体其自身的长短不也正是自身的必然宿命吗？天命如此，剩下的问题还是要看作者如何"运"了。

2016年4月于北京

一堆"碎片"如何奇妙地粘成了一缕朝霞

看吴亮的《朝霞》

三月的一个周末,电话响起,一个久违了的男中音在耳边响起:"我是吴亮。"不用问,这家伙肯定来北京了。问其缘何而来?答曰:"我新写了一部长篇小说,来跟出版社沟通一下。"新写了一部长篇小说?资深的文学评论家、艺术评论家、理论家居然写起了长篇小说?虽然我依稀记得他在二十世纪八九十年代的确写过那么一两部短篇小说,我也知道这些年他还写了一些散文式的回忆文字,但终究都不是长篇小说啊!这多少还是令我新奇且好奇。于是我们见了面,于是他的长篇处女作《朝霞》就"伊妹儿"到了我的邮箱,于是,我就有幸成了吴亮长篇处女作早期的为数不多的读者之一,开始了一次奇特的精神之旅。

现在,这部《朝霞》已刊于《收获》长篇小说增刊春夏卷而见诸于社会，沪上传媒及文坛立即有了反响："天马行空般地怀旧""看哪，这个人与他的城市""六七十年代上海城市边缘人精神心灵史"……传媒反应如此之快并不奇怪，评论家写长篇本身就是新闻。倒是沪上评论家的动作之快之大有些出乎意料：青年批评家黄德海开始读《朝霞》就预感到"大鱼来了"，特别是那个以细读文本而著称的批评家程德培竟然就着《朝霞》的文本引经据典、旁征博引、洋洋洒洒地在第一时间一气写出了长达数以万字的雄文——"一个黎明时分的拾荒者"。虐心啊！

说什么呢？还能说什么呢？作为评论该说的似乎都被同行抢了先：宏观的时代与社会说了，写作上的这个"主义"那个"主义"说了，作品中的人物说了、结构说了、叙事与议论说了，就连虚构人物的命名乃至作品的整体命名也被解读了……那干脆就说说不那么高大上、不那么说得清的自己的阅读之旅吧。

若按一般的阅读经验，《朝霞》肯定算不上一部可读性强的长篇小说，在这部有着一百位编号的长篇小说中，每一编号下，基本都是以一段议论开头，而这议论中又涉及大量经典理论，啥哲学的、美学的、文学的、社会学的、心理学的，古典的、现代的、后现代的……几乎都溜了个遍，而且彼此间一时也说不上有什么逻辑关系，看上去莫不是兴之所至，这议论如果没有一定的知识储备则无异于看"天书"，当然你也完全可以跳过去不去看它；议论过后就是人物的依次登场，这些个人物虽大抵有着同学、邻居或亲戚之类的关系，但又说不上有特别完整、连贯的情节线，因而人物的形象与性格也不是一下子就鲜明清晰得起来。因此，概而言之，一部《朝霞》几乎就是一堆"碎片"的连缀。这样的作品自然读不快，甚至也可以说"不好看"。但神奇的是，虽"不好看"但又放不下，一旦读完了全书，你又不觉得"碎"了，相反倒不乏整体感，甚至冥冥中还觉得有一股神奇的力量在"hold"住你，一堆看似"碎片"的玩意儿在吴亮手里被奇妙地粘成了一道朝霞。这也是我前面所言的"奇特的精神之旅"之由来。

我也一直在扪心自问：被吴亮"hold"住的那股神奇的力量到底是什么？于我本人而言，至少有如下两点吧。

首先，是二十世纪六十年代下半叶至七十年代上半期社会生活场景在文学作品中的一次修补与复原。在我们阅读过的绝大多数长篇小说中，有关那十余年的记忆基本上就是"史无前例"的"红色海洋"是"浩劫"是"打打打"是"斗斗斗"是"你死我活"是"人人自危"，这没问题，但这终究不是那一时期社会生活场景的全部。果不其然，在《朝霞》中出现的就多是"史无前例"背景下市民生活的另一面：该上班的上班，该"骗"病假的"骗"病假，该读"禁书"的读"禁书"，该"偷听"西洋音乐的"偷听"西洋音乐，甚至也不乏偶尔吃一顿西餐打打牙祭，甚至邻家同学的家长还"偷偷情"……在一片"赤色"的折射下，黄绿青蓝紫一干色调渐次闪烁。有评论曰：出现在《朝霞》的各色人等无不都是当时社会的"边缘"人，这当然也不能算错，且不说所谓"中心"与"边缘"孰众孰寡，只是无"边缘"又何来中心？正是有了所谓的"边缘"与"中心"才共同构成了一个完整的社会生活场景。于是，我们知道了那个时代不仅有"红色"，更多的还是杂色，这才是生活的本色。

其次，是一种极为内敛的艺术统治力。前面说过，整部《朝霞》乍一看就是一堆"碎片"的堆砌和排列，虽有一百位序号的排列，但基本找不到其间的逻辑关系，议论与叙事的混杂，议论中有叙事，叙事时又穿插议论，尽管是以小说叙述为主调，偶尔又跑出来几节戏剧，叙事则不时被中断，人物在多是写意式的泼墨之余也偶有工笔画的细腻……一切看上去就是吴亮在那里兴之所至信马由缰地摆弄着。然曲终人散时，回眸望去，居然又会有浑然一体感。在吴亮看似漫不经心的摆弄中，那邦斯舅舅、阿诺、马立克、兆熹叔叔、沈灏、李致行、孙来福、孙继中、江楚天、林耀东、纤纤、殷老师、朱莉、沈灏妈妈、李致行爸爸等一干人物开始齐刷刷地在脑海里"复活",一堆堆"碎片"自然地在脑海中变成了一串串。一切是那样的不动声色,一切都在内敛中悄然完成。我在想:这究竟需要一种什么样的艺术统治力才能做到呢?吴亮在《朝霞》的原稿中留下了这样一段文字:"写作欲望被一种难以忘怀的童年经验唤起,不断强化它,终于成为一个意念,挥之不去,阅读通过文字把各种各样故事传递给我们,经年累月,我们忘记了大部分故事却记住了语言文字,我们每个人的阅读史,就是我们每个人的内在传统,独一无二的传统,不可替代的传统,写作就是把自己的传统想办法传递出来,让它成为一个物质存在。"

迄今为止,我还说不清吴亮的这段"夫子自道"能否成为上述问题的答案呢?

2016 年 5 月于北京

"茧"虽破，蝶如何

看张悦然的《茧》

张悦然的长篇新作《茧》甫一面世，媒体首先关注的是"七年"这个时间长度。的确，不管张悦然为自己的这部长篇准备了多少时间又写作了多长时间，但《茧》距离她上一部长篇的面世真是实实在在地过去了七年。在当下这个"急哄哄"的"快节奏"社会里，能够为一部长篇蛰伏七年也确是不短，这也就无怪乎媒体在第一时间报道这则新闻时用得较多的词儿就是"破茧而出""抽丝剥茧"一类。其实，对一位未曾封笔的作家而言，"茧"总归是要破的，与"破茧"时间的长短比起来，那"破茧而出"之蝶的成色几何则无疑是重要得多。

《茧》的首发刊物《收获》主编程永新曾如此描述这只"破茧而出"的新蝶："青年作家不仅挑战自己，更挑战历史和记忆。这部《茧》一定会改变人们对八〇后作家的整体印象。"斯言我基本认同前一句,因为它的确是对《茧》写作的一种真实写照;至于后半句则有所保留,因为我始终顽固地认为:如果对一个以十年为单位的代际作家群体用一两句话来描述其所谓"整体"特色,那真不知要省略了多少个性,淹没掉多少才华。这样的所谓"代际研究"固然宏观,固然抽象,但其成色如何也着实是大可令人怀疑的。

具体到张悦然,她的创作尽管也可勉强归入一般评论所概括的那样"没有家国情怀类的宏大叙事,而多是个人经验的书写"一类,但她显然不是韩寒也不是郭敬明,在所谓"八〇后作家"群体中,张悦然创作的个性印记无疑是十分突出的,也正是由于这种识别性的鲜明才使得张悦然成为"八〇后作家"的代表人物之一。需要说明的是,我这里所说的"'八〇后作家'的代表人物之一"恰恰不是说她的创作代表了这一代作家的所谓共性特征,而只是就其鲜明的创作个性而言。

具体到这部《茧》,张悦然的触角的确是延伸到了祖辈与父辈,这就不可避免地有了历史的纵深感,而一旦涉及祖辈与父辈,顺着他们的时间轴往上缕,那些个历史在我们的批评话语中也就难免要和所谓"家国情怀"有了瓜葛,程永新所言的"《茧》一定会改变人们对八〇后作家的整体印象"或许正是就此而言。但我想补充的是：对一位有出息的作家而言，其个人写作的坚守与变化与否本身都是再正常不过的事，而张悦然时隔七年的这部新长篇既有她以往写作中那未变的唯美而细腻的一面，更有对所谓"家国情怀、爱恨情仇"这类宏大叙事的独特处理。这或许才是《茧》的独特价值之所在，至少我本人更看重《茧》的这一点。

一开始读《茧》，令人期待或吸引人的地方或许莫过于以李佳栖和程恭领衔的双重叙述结构了。其实不然，当所谓现代小说经历了差不多一个世纪的跋涉之旅后，这已不能算作稀罕。而在我看来，《茧》之稀罕的地方则在于像张悦然这一代在诉说他们的祖辈与父辈的经历时又会取一种什么样的姿态？这既是作为一个优秀作家能够充分展现自己才华的用武之地，更是历史大河在生生不绝流淌中的一种必然。

屈指算来，张悦然祖辈父辈的生活怎么样也得上溯到二十世纪的五六十年代。而那个时代的主旋律以及我们所读到过的大多数文学作品中对它们的叙述想必人们应该也不陌生，这大约就是许多评论者所喜欢使用的所谓事关"家国情怀"之类的"宏大叙事"了。其实我一直不明白什么样的叙事可以称之为"宏大"？什么样的叙事则渺小或卑微？而所谓的大小之别难道只是与叙述事件的大小有关？这似乎未免太过牵强。在我的理解中,所谓"叙事"之所指既是作家笔下的叙述对象更是作为个体的作家这个对象所持的一种态度,对象固然有大小之分,而态度则只有好恶之别;对象或许还可以有客观性可言,而态度则当然就只是作家主体意志的体现。因此,看所谓作家的"叙事"如何,重要的未必在"宏大"与否?更在于作家们是如何叙述。

《茧》中的李程两家三代人,因其祖辈同属一个构成社会的基本细胞——单位,也就同居于一个大院,尽管细胞内还可再划,大院中也有南北之分,但共同的细胞与共同的大院就使得李程两个家庭中的三代人因其"家国情怀"而有了千丝万缕的爱恨情仇,剪不断、理还乱。在这两个家庭中,他们祖辈的交集应该是在二十世纪的六十年代,在那个"史无前例"的十年浩劫中,有多少邻家反目成仇,又有多少同在一个屋檐下的成员间形同陌路,这样的情形《茧》中的李程两家都摊上了。得势的李家祖父最终成了社会贤达医界名流,而对手程家祖父则被整成了植物人,最终落下个活不见人死不见尸之谜;如果说李程两家的祖辈不过是那个年代腥风血雨的一个缩影的话,那么,他们后代的行为事实上就演绎成了面对那段历史的一种态度。作为成长于二十世纪七八十年代的李家第二代,与生俱来就是原罪的负载者,为此,他蔑视作为罪犯而又漠然不认罪的父亲，自觉地成为一个宿命般的赎罪人，反叛父亲成为他赎罪的不二选择：违背父亲的意愿而选择下乡，与和自己家庭不搭调的女人走进婚姻，离婚后又与父亲同谋的女儿相爱，而当这一切都无法达到灵魂的自赎时，就只有选择死亡而终结自己的一生；比之于李家，程家第二代的形象则要模糊许多，按一般逻辑本该成为复仇者的他们却未见有过多的表现，作品中只有姑姑的试图逃离而又自觉地回归这一笔能够为读者带来些许相关的想象。到了李程两家的第三代，时光已然流逝到了二十世纪的八九十年代，作为赎罪者的李家栖和复仇者的程恭，其各自的身份印记虽犹在，但最终的选择却竟然是殊途同归，他们虽欲选择逃离却又不得不为各自家族的牢笼所羁绊，因此，他们就只能借着重述历史来一场漫长的告别，以彼此的和解来摆脱各自的家庭和旧梦，开始自己新的生活。

李程两家三代人的命运因祖辈的孽债而"作茧自缚"，以孙辈的和解而"破茧而出"。这或许就是《茧》的叙事主线与基调，也是张悦然这部新长篇最有个性特色的地方之所在。祖辈造下的孽债中有时代的影响、有历史的印记，更有人性的不同选择，已然无法抹去；但后辈面对孽债的应对与解决又各不相同，不是没完没了的自赎与复仇，而是直面后的和解与告别。这样的态度与处理或许也正是张悦然从这粒"茧"中所化出的一只美丽之"蝶"。

2016年6月于北京

看张炜这位"药师"如何耍"独"

看张炜的《独药师》

关于对张炜的长篇新作《独药师》的评说,可以用本人对张炜及其创作两点最外在的直观印象作为开头。

其一,这部《独药师》距张炜的长篇处女作《古船》面世的 1986 年正好过去了三十年,在这三十年间,张炜一共出版了二十部长篇小说(**请注意,我这里用的是"出版"而非"写作",因为我实在不知道他还有没有已经写得差不多而藏着掖着尚未出手者,如同当年突然冒出一部皇皇十卷本的《你在高原》一样**),而这二十部长篇的写作水准如何业界早已有评说,毋需我再赘言。单凭这一点,这个文学界"劳模"的每一次出手本身就是值得关注的理由。

其二,张炜的二十部长篇本人虽不是每部都认真地阅读过,但至少是比较认真地读过七八部,其余的也无不快速浏览了一二。在他此前的长篇小说写作中,虽总体偏于写实,但多少又总是会穿插些许神秘、诡异、象征、荒诞的元素,惟这部本可处理得更加神秘诡异的《独药师》却偏偏写实得不能再写实,几乎要打扮成"非虚构"作品来"唬人"了。

单凭以上两点,便可见出张炜这位"药师""独"之一斑,而更况在《独药师》中,张炜之"独"就更是"变本加厉"的了。

何谓"独药师"?且听张炜在一次接受访谈时的"夫子自道":在有着养生传统的胶东半岛上有那么一些被称之为"独药师"的特殊人物,很多人将他们与中医大夫混为一谈,实际上则大为不同,他们跟中国文化中通常所说的"方士"稍有一点接近,是其中专门研究长生术的一脉。

这就明白了。在我们所接受的教育中:承认人的生命只有一次,生老病死乃人之常态才是唯物主义的,反之则是唯心的、封建的,因而也就是反动的。也正因其反动,所以唯心的、封建的就总是会与鬼神之类如影随形。因此,我们过往在中国文学作品中读到过的这类人物不是"半仙"就是"大仙",不是"鬼神"就是"灵异",相伴而来的艺术处理也就多了些荒诞、夸张和变形,而本质上自然就是装神弄鬼、愚弄百姓。而张炜笔下的"独药师"却偏偏不是这样，无论是五代传人季践还是六代的季昨非无不与凡人没太多的两样，在他们的家族中，确有三人活过了百岁，九十以上的长寿者也有过一些，但这一切至多也就是年长而非长生；他们在府上重地丹房内所炼就的独门绝技——丹丸不仅不能使人永生，甚至连自己的病痛都未必能够幸免，到头来还得到西医院才能治愈。或许也是为了还原"独药师"的这种凡人真相，因此，在这部新长篇中，张炜的艺术处理也就随之裹上"非虚构"的外衣，作品所呈现的内容看上去都是档案馆中一份尘封百年案卷的如实翻译和整理。对这种题材的这种平实处理，反神秘、反诡异自然就构成了张炜之"独"的一个典型表现。

在《独药师》中，张炜之"独"自然远不止于此。无论是我们传统文化中所说的"方士"还是民间传说中的"独药师"，一般说来在他们身上总会有一些个独门"秘籍"，也正是因其拥有这个"秘籍"方可显出"独"之本色。而所谓长生类"秘籍"则大抵不外乎"吐纳""餐饮""秘方"和"意念"几类，表面上《独药师》也未脱其俗套，作品中有关丹丸及丹丸的增增减减、有关不同条件下食用的不同粥食、有关气息的调理等也都有所涉及，但又无一不是语焉不详，而要说这部长篇中所涉之最大"秘籍"则莫过于"革命"二字,这其实才是张炜这位"药师"过人之"独"之所在。《独药师》的故事发生在清末,那是中国历史从近代向现代开始转折的拉锯期,是中国历史露出黎明晨曦前的漫漫长夜。在这翻滚不息的巨大的历史洪流面前,所谓养生、所谓长生的"秘籍"必然显得那么微不足道,而如何推翻那个腐朽不堪的封建王朝才是那个时代最大的"秘籍"。于是我们看到在《独药师》中,张炜这位"药师"便巧妙地将历史的剧烈变革与季家独门"秘籍"这民间情态巧妙地融在了一起:不仅是季家与革命党人的关系以及季家的"秘籍"与财产服务于革命党人,还有季氏的传统长生之道与舶来的麒麟医院间那微妙的关系,时代风云与民间情态的水乳交融就使得《独药师》既不同于那些直面革命之腥风血雨的所谓宏大叙事,也有异于那些渲染铺陈所谓民间奇人的文化小说。这也是张炜在这部长篇新作中显著的又一"独"。

说起来,仅凭以上两"独",这部《独药师》就够"独"的了,但张炜似乎还不过瘾,于是我们在"独药师"季昨非身上又看到了奇异的另一景。我们曾经读到的文学作品中,类似季府这类家族的奇人,总是难免要来些风流韵事甚至不无淫邪迷乱之举,《独药师》中季昨非出场不久的生活也难逃此

"劫"：在小白花胡同的一段迷乱，与自家用人朱兰的一段依恋。问题是这样的日子时间并不长，接下来，这位季家公子就决绝地将自己囚禁于碉楼三年，出来后竟然整个脱胎换骨彻底与自己的昨天告别，直至与麒麟医院的女医生陶文贝相遇后才上演了一出典型的纯情剧。这出纯情剧的剧情是俗套的，无非是从一见钟情的单相思到穷追不舍到终成眷属到爱得天翻地覆，但上演这出纯情剧的男女角则是充满了象征的符号：从文化的、家庭的、宗教的巨大差异到最后的大同，说不上有多少的动天地、泣鬼神，但季府第六代传人上演的这出纯情文明戏则无疑够得上奇葩，至于这奇葩背后意味着什么那就是张炜处理这部长篇新作的又一"独"了。

《独药师》：这个书名、这个题材令人很自然地想到了"养生"、想到了"长生"，但当我们卒读全书后，似乎又不免平生几分茫然：这是养生吗？这养的又是哪门子生？我想，如此茫然的产生很大程度上就是因为张炜之"独"所导致。本文所云之"独"当然就是独特，是个性，这当然是文学创作者的毕生追求，但独特与个性从来又不是刻意所能求来，也不是独特了、个性了就一定卓越。我虽然在此罗列了一些张炜这位"药师"之"独"，但其实也并不十分清晰这部作品的全部用心,而只是懵懵懂懂地感觉到《独药师》在张炜的创作生涯中又会留下浓墨重彩的一笔,于是就拉拉杂杂地写下了如上文字。

2016 年 7 月于北京

池莉的"退隐"与自媒体的"狂欢"

看池莉的《池莉诗集·69》

在本人三十余年的写作生涯中,记忆中除有那么两三次为人情所累而写过两三则很勉强的诗评外,从不对诗创作发表任何意见。毕竟术业有专攻,尽管同属文学大家庭,不说因诗就是文学皇冠上那颗璀璨明珠而高山仰止之类的套话,只是以为自己不具备对诗创作说三道四的自信与能力而已。而这则由《池莉诗集·69》所引发的文字,要说的多半也不是池莉诗创作本身的如何如何,而只是由此而引发了若干与之相关的一些边缘性感慨而已。

本人虽不敢就诗创作说三道四却也还能识文断字,从这部诗集的"后记·我的写诗简史"中获悉:此女子十岁前始作诗,倘按一般流行说法,这当属"神童""才女"一类而应享有万般宠幸之福,无奈女子时运不济,偏偏要赶在一个疯狂的年代"出风头",结果就只能招来"小资情调特别严重,不断书写'道德败坏仇视人民对抗文革'的资产阶级东西,腐蚀广大同学的革命意志"这样的当头棒喝,并"不准予升入高中"。这段"刻骨铭心"的遭遇会给这位女子心灵带来什么样的终生"阴影"我们不该妄言,而所能知道的信息就是她平生三次大规模地烧毁诗稿,尽管其小说创作成就早已蜚声文坛三十余年,但出诗集还是在"酒壮怂人胆"状态下的冲动决定,因此这既是作者人生的第一部诗集,也可能是她此生唯一的一部诗集。

读这段"写诗简史",不免平添几分心酸。一个尚未完全谙熟世事的小姑娘就因为自己的喜好写上几句诗而且还是藏入自己的小木箱中被野蛮抄出就落下个如此罪名与此后几十年对诗创作的心有余悸,作孽啊!所幸那段疯狂与愚昧已成历史;所幸作者"更有一种期待,那就是:诗集一旦出版,恐惧不治而愈。有生之年,不再屈服于羞辱,不再过度害怕他人,不再总是更多地感知生存的可憎"。现在诗集终于漂漂亮亮地出版,祝愿作者期待成真。

作为人生第一部诗集,公开面世后池莉的反应却是十足的低调,基本一副"退隐"的姿态。在"度娘"上输入《池莉诗集·69》关键词,果然是著名作家,其名下的信息显示有十九万条之众，只是再往深里点，就会发现在这十九万条中真正与诗集相关的信息不过三五则，其余不是重复就是与诗集无关。而在那有效的三五则信息中，最有内容的一条当属《楚天都市报》在位于武汉的新华书店泛海店为诗集举办了首发式，池莉在现场为读者作了《加油！活着》的文学演讲，并透露"诗集的首发，将是她最后一次在公开场合露面"。果然，除此之外，在公开媒体上，再未见到池莉为自己的诗集参加任何活动，也没看到她接受任何媒体的任何采访，还有对这部诗集的评论也几乎为零。莫非真的是"我悄悄地走，正如我悄悄地来，我挥一挥衣袖，不带走一片云彩"？

然而，在这二十一世纪的头十年，真要做到"悄悄地走"也着实不易啊。就在我惊异于《池莉诗集·69》出版后的一片静寂时，无意中却发现了另一片"欢乐谷"，那就是以各种形式呈现的自媒体正围绕着这部诗集而"狂欢"。

说"狂欢"，基本上真是一种写实的描述：在一个应该是个人的微信公众号上，我看到一则题为"我懂得用蜿蜒透迤的方式把你送到最简单明了一事物里头"的小美文，这题目就来自池莉的诗句，不长的文字，很感性也很美。阅读者竟然有两万余众，其后跟帖留言者也不少；在另一个微信公众号上，我又看到一则题为"我破坏自己的样子简直就是建设自己的人生"的短文,题目同样来自池莉的诗集,同样也有一万多的阅读,同样也有不少的留言;还有以H5形式呈现的"读你的诗,看时光在夏夜倒流";还有做成听书的"当我大放悲声,万物都告凋零";还有……

以上还仅仅只是本人——一个对新媒体几乎不关注者无意中的目之所及。我无意妄测类似这样"非组织"的"自觉狂欢"还有多少,也不想再专门花时间去刻意搜寻统计一下更具体更庞大的数字,但即便上述之罗列等于穷尽,我也愿意为之"鼓噪"几句。

我赞赏这种"非组织"的"自觉狂欢"。《池莉诗集·69》公开面世时间不长就冒出了这么多自觉的读者与论者,这些写作者,当然还包括他们的读者与跟帖者虽来自方方面面,但基本不是所谓专业的"文学工作者",与池莉本人则更是素昧平生。因此,这样的写作也好、阅读也罢,一概与职业无关、与功利无关、与友情无关,有关的只是自己的兴趣与喜好,而且一定是真爱真好,并且还将自己的真爱真好付诸文字实践,再用新媒体这种形式进行传播,与同好者分享。坦率地说,这样的践行远比那些大而化之地、空泛地倡导"全民阅读"的"高大上"文字要有意义得多;也比那些有组织有计划的所谓推广与营销要有价值得多。

我欣赏这些"非组织""自觉狂欢"的文字。他们大都优美感性，不造作不矫情，一言弊之：不装！这些文字虽然不引经据典、没专业词语，但肯定是认真看过了原作，肯定是打内心里有感而发，透出"真性情"三个字，因而阅读的过程多少总会令人心有所动。我不是否定引经据典和使用专业词语，我讨厌的是那种披着引经据典的外衣和拿腔拿调的专业词语来掩饰压根不认真读原作的苍白，这种"无情"的文字不会给人带来任何美感，相反剩下的就只是无趣乃至生厌。

我承认在当下庞大的"自媒体"大军中良莠不齐，杂草丛生。但我还是要感谢这些优质的自媒体，这些来自民间的"狂欢"冲破了所谓专业陈腐的栅栏与壁垒，带来了真性情与深呼吸，这是一种生命的律动，活生生的可触可摸，有体感、有温度。行文至此，还是回到池莉的诗集并借用她的诗句作为本文的结束吧：

> 文字可以属于任何人
> 却并不是任何人
> 都有机会和力量
> 拥有文字

2016 年 7 月于北京

信念不朽

看王树增的《长征》

在上个月举办的上海书展中央大厅的醒目位置，看到军旅作家王树增新修订的非虚构文学《长征》被书展组织方作为重点推荐新书"艺术"地码放在那里，颇有几分亲切也颇有些许感慨：一本创作于十年前且按今日之说法当归于"主题出版"一类的"旧作"何以如此常销不衰？

十年前本人尚在出版社从事着具体的出版实务工作，记得有那么一天，一部厚厚的名为《长征》的书稿被送到案头终审，那是社里为纪念长征胜利七十周年而准备出版的一部新作。坦率地说，作为人民文学出版社，遇到党和国家这样重大的节点，不发声肯定是无法交代的，但长征这类似乎早已为人们所熟知的题材究竟能写成什么样心里也没底。一直到终审完成，"没底"这块石头总算是在心中落了地，剩下的问题就是她的市场命运究竟会怎么样了。

还有一个细节也值得在这里"留此存照"：同样是在十年前的某一天，有关单位在北京的军事博物馆举办了"纪念长征胜利七十周年出版物陈列展"，在那个大厅里，共展出了与长征有关的出版物总计六百余种，其中被相关领导部门推荐的重点出版物八十种，而我们的《长征》则不在此列。于是，责任编辑忧心忡忡地问我："潘社长，我们的《长征》怎么办啊？""怎么办？"面对那片"红色的海洋"，我心里当然也会有点发毛，首印五万册的决策是否会形成库存？但当时只是为了鼓舞责任编辑的士气就脱口回了一句"豪气冲天"的话："放心，我们的《长征》一定会留传下来！"

十年过去了，自己当年的"豪气"终未成为一缕消失了的"空气"，我们的《长征》十年来常销不衰的事实也终于使自己可以说说当年隐藏在"豪气"背后而不敢直言的"底气"了。

记得当年终审《长征》时，书稿中的两点深深地震撼着自己。其一，该书的"前言"开宗明义地写道："当人类社会进入二十一世纪的时候，《人类1000年》由美国时代生活公司出版，该书公布了从公元1000年到公元2000年的千年间，人类历史进程中所发生的一百件重要事件。来自世界不同民族、不同国家、不同学科领域的学者们共同认为，在已经过去的整整一千年中,这一百件重要事件对人类文明的发展产生了巨大影响。"在这百件重要事件中,中国有三件事入选:即1100年的火药武器的发明、1211年的成吉思汗帝国和1934年的长征。而与这三个事件同时入选的人类其他事件则包括诸如1088年世界第一所大学在意大利的博洛尼亚诞生——人类的真知有了得以"世代相传的智慧之地";1830年第一列火车从英国的利物浦开出——人类只能通过脚力推进陆地运输的时代结束;1905年爱因斯坦发表能量守恒定律论文——人类思维第一次深入到了宇宙的两个基本构成:物质和能量的内在联系中……一千年,在这漫漫的历史长河中,影响人类历史进程的大事件何其多也!长征究竟又是凭什么进入来自世界不同民族、不同国家、不同学科领域学者们的"法眼"的呢?可以肯定的是:这些学者们在意识形态上与中国共产党并无共同之处,也肯定不会从我们的党史与军史这个角度来看待长征,而唯一合理的解释只能是:在他们眼中,长征是作为信念不朽的象征而入选!细一琢磨,个中道理其实也不复杂,如果没有一种坚定信念的支撑,就很难解释长征是如何让这样一种几乎的不可能成为可能。其二,关于长征的读物我读过不少,但像《长征》这样从宏观入眼、从微观落笔,史料翔实、叙述平实、言必有据、针线缜密的扎实之作则着实罕见,作者从中所下的"苦功夫、笨功夫"绝非一般著述所能比拟。而作为编辑，我始终顽固地认为："这一个"厚实的内容才是出版真正的不朽之本！

长征，这个人类信念不朽的象征再加上王树增"这一个"厚实的内容，这就是本人十年前豪气地断言"放心，我们的《长征》一定会留传下来"的底气之所在。十年来，《长征》累计实现市场销售六十万册的客观事实也无声地佐证了这底气之不虚！

用今天出版业的习惯说法，《长征》当归于"主题出版"一类，这当然没有任何问题。只不过在我看来：所谓主题出版的本质就是与时代同呼吸、共命运，独特而深刻地反映出时代的最强音，而这个最强音在当下就世界而言即和平与发展两大主题，对中国而言则是中华民族伟大复兴的"中国梦"。正是由于主题出版的这种本质决定了它自身从来就不应该是应景的、单调的和狭窄的，而应该是深远的、丰富的和浑厚的；衡量主题出版质量的标准也不应该是品种数量的多少而是单品种质量的高低，不是选题的某几个类型而是内容的是否丰满而深刻。而能够配得上"时代主题"这个称呼的内涵则必然是政治、经济和文化等多种元素的复合体，必然是以创新和发现为先导的思想与实践。现在有人习惯用"叫好不叫座"来为一些贴着"主题出版"标签但市场反响平平的读物辩护,这其实是一个伪命题,所谓"叫座"当然不是指一个简单的数量绝对值之大,但只要是真正优秀的主题出版物,在其选题所涉的专业范围内就没理由不叫座,否则就一定不是优秀的,就没有理由为之而叫好。从企业的角度说,只有优质的主题出版物才得以成为出版企业独特的优质产品结构中的一部分,而只有独特的优质产品才足以堪称出版企业的核心竞争力。《长征》十年来的历程证明了这一点,出版人需要和追求的就应该是这样的优质主题出版,而不是那些表面上贴着主题出版标签实际上却鲜有创造与发现的平平之作。

长征已作为信念不朽的象征而载入上个千年的人类发展史册,卓越同样也应该成为出版人不朽的信念而毕生为之追求。

2016 年 9 月于北京

消费时代的高铁能否载着人们重返故乡

看阿来的《河上柏影》

阿来有十年没写中篇小说了,看惯了他的长篇再来读他的中篇,起初确是有些为好奇心所驱使,加之他这个中篇系列被冠名为"山珍三部"又容易指向"猎奇",因而更加剧了某种好奇的情绪。待到读毕作品,情不自禁地想起了四个字:"本性难改"。尽管有报道称:"惯于书写《尘埃落定》《空山》等充满历史厚重感作品的阿来,在今年的上海书展上带来了《三只虫草》等'自然文学三部曲',在风格上都是非常轻盈、透明的小说。"说这些作品在风格上轻盈透明倒也无妨,只是无论"山珍"在今日如何珍奇,对阿来而言,追溯其背后的历史厚重感这个"本性"恐怕是很难改得掉的。

姑且按下"山珍三部"中的前两部不表,单说最后那部《河上柏影》读起来就令人不无窒息压抑之感。故事并不复杂：主人公王泽周出生在岷江山谷一个偏僻的小村庄，村里只有几十户人家，他们家就坐落在江边五棵老柏树下。这几棵岷江柏是王泽周的自然课堂，也是母亲依娜精神信仰的依靠。这个汉藏混血的王泽周从小一直对卑微木讷的父亲和曾因家世沦落而备受男人欺凌的母亲充满着怨怼。作为村里的第一个大学生，在学校里也因为出身而承受了来自同学贡布丹增的讥讽。大学毕业后他选择了回乡，却又因工作关系不得不与贡布丹增有了新的交集，和他在生态自然、旅游发展的理念和行为上博弈对峙……在所谓现代化的进程中，庙宇变成了景区，江边五棵老柏树被凋零被扼杀，自己家的老宅也因此而被畸形地升值肢解；而与此同时，他与父母的感情，却在不知不觉中悄然由怨怼不满到温情依恋，人世纷争和烦恼在对父亲的谅解和亲情的回归中慢慢融化……

严苛地说，这个故事以及隐藏在故事背后的旨趣从表面上看不仅不新鲜，甚至还有点老套。自现代以降，无论中外，我们都读到过太多这样的作品：在一个封闭得乃至有些蛮荒的小山村，一个外来者（多是地质勘探工作者）的闯入或是一个出走者的回归，本虽封闭却也宁静的小山村开始变得喧闹甚至不太平起来：村民开始躁动、人伦开始躁动、山川开始躁动、大地开始躁动；父子反目、夫妻背叛、森林被砍伐、地表被开掘……然而，这种种看似不美好的行为带来的却是一些人的饭桌开始沾了肉腥，一些人的钱袋开始鼓胀。面对这种并非个别的创作现象，有学者将其归纳为文明与愚昧的冲突并视之为文学创作的母题之一。在《河上柏影》中，我们的确不难发现这一套路的依稀身影。

然而，戏文到此并未结束，不仅阿来如此，还有一群"阿来们"也不例外，好戏还在后面，戏码还在继续。当饭桌被肉腥彻底浸润，当钱袋被财富彻底撑破，人们突然发现所谓"文明"与"现代化"也不一定就绝对是什么好东西：那个曾经辅助自己撑满钱袋子的大自然咋说翻脸就翻脸开始疯狂地报复起自己来了？那个曾经让自己有了些幸福感与尊严感的钱袋子怎么会让人与人之间曾有过的温馨与信赖倾刻间荡然无存？于是又有学者将其归纳为"现代化的陷阱"并同样视之为文学创作的另一母题。在《河上柏影》中，我们同样不难发现这一戏码延续的依稀身影。

其实，从所谓"文明与愚昧的冲突"到"现代化的陷阱"，一些社会进程中出现的新现象新问题未必一定就是社会的进或退，不同的视角不同的评价标准不同的参照不同的社会发展阶段必然会导致不同的结论。这样说固然有点"社会相对论"有点和稀泥之嫌，但社会的进化与发展又偏偏就是这样无情地碾压着理想者们的理想,似乎难以跨越。不是吗?当饥饿、当严寒、当酷暑,一句话,当活下去还是一道难以逾越的门槛时,谈绿色发展、说环境友好是不是有点矫情有点奢侈?同样的道理,当环境的污染、资源的枯竭超越饥饿超越严寒超越酷暑而成为威胁人类生存的头号大敌时,人们才会发现在通往现代化的大道上也依然有着一个又一个的陷阱。

发了这样一通看似抽象离题的议论,其实是想说在《河上柏影》中,看上去既有所谓文明与愚昧的冲突,也有所谓现代化的陷阱,但阿来的过人之处则在于他无意陷于这样的争论之中。从面上看,《河上柏影》是一种记录一种见证,这也是作家的一种基本责任与使命:他试图记录下那些已经消失或正在消失的人与物,这当然是有意义的,如果没有了这样的记录与见证,伴随着时代车轮的前行,那些人与物就好像从来没有在地球上出现过一样,更不会有诸如对人类社会进化中种种现象与进程的反思与彻悟。从骨子里看,《河上柏影》更是在寻求一种平衡,在都市与乡村、在现代与传统、在物欲与情感的冲突与倾斜中寻求一种平衡,出现在作品主人公王泽周身上的微妙变化便是这种寻求平衡的一种写照。如果按照王泽周的成长逻辑,他似乎更应该以一种"愤青"的形象而示人,何况他也的确曾经"愤青"过,包括他曾经对自己父母的怨恨,与同学贡布丹增和多吉的冲突，对自己家乡致富方式的不满……然而在作品的结尾，当自己的家和那五棵岷江柏彻底从地球上消失的时候，倒是那一向木讷懦弱的王父竟然敢为了儿子冲着贡布丹增大声嚷嚷，而此时的王泽周在心中升腾而上的却不是愤怒不是宣泄而是对父母对孩子的一股暖暖的温情与爱意。这样的举动或许会被人误以为是一种无奈一种妥协，其实不然。这就是阿来在寻求的那种平衡：无论世事如何变化，社会如何发展，在人情特别是亲情之间总是该保留一些美好的东西，而作家更有责任来张扬、来讴歌这样一种美好。

消费时代的高铁怎样载着人们重返故乡？物质上的重返不可能了，那么精神上呢？阿来的《河上柏影》给出了自己的思考与希冀，这也是《河上柏影》独特的价值与魅力之所在。

2016 年 10 月于北京

"一颗不掺假的心"

看铁凝的《以蓄满泪水的双眼为耳》

我供职于人民文学出版社的那几年,曾有过三次终审铁凝的作品,最早的一次是《铁凝日记:汉城的事》,这是一部专题性的日记体散文;最后一次则是一部九卷本的"铁凝作品系列",大致集结了她从二十世纪八十年代至2006年间创作的包括长中短篇小说和散文随笔在内的主要作品;而印象最深的则要数中间那次对《笨花》的终审,这也是铁凝迄今为止最后的一部长篇小说。客观地说,铁凝创作的生命不短、产量也不低,但她对长篇小说的写作却似乎甚为慎重,在她近四十年的创作生涯中,一共也就创作过《玫瑰门》《无雨之城》《大浴女》和《笨花》等四部长篇,虽不是平均的"十年磨一剑",但总产量的确不高。我现在也很难说这四部长篇孰高孰低,但它们彼此间的差异与跨越的确又是不小的,尤其是当年在终审《笨花》时这种感觉更为强烈。说不清铁凝还会写出什么样的长篇，但从《笨花》中又的确"读"出了这位作家在长篇写作上的多种可能性和强大的潜能，而且我迄今还是顽固地认为《笨花》也是那一年最具代表性的优秀长篇小说之一。也就是在那一年，铁凝"不幸"地出任了中国作家协会的主席，《笨花》因此而"失"去了参评各种文学大奖的机会，铁凝的长篇小说写作也就此阶段性地戛然而止……

于中国文学而言，铁凝出任中国作家协会的主席自然是一件好事，作协主席这样一把"交椅"，虽未必一定得由创作上德高望重的长者来坐，但总归还是要坐上一位自身创作成就不斐的作家比较妥帖。但于作家个人创作而言，一旦坐上了这把"交椅"，只要他尽心尽职，自己的写作客观上至少总是会有一些阶段性的影响。比如铁凝的这十年就没有再打磨出一柄长篇之剑，虽然她自己说"我不勉强自己，如果内心没有召唤，我也不刻意写作长篇。……新的长篇并没有完全准备好"。好在身为主席的铁凝始终没有忘记自己首先是一个作家的身份，于是这十年间我们还能够断断续续地读到她诸如《伊琳娜的礼帽》《咳嗽天鹅》和《告别语》等精致的短篇小说，也能够看到她新近出版的《以蓄满泪水的双眼为耳》这样的散文随笔结集。而在谈到自己的这些近作时，铁凝终于不经意地披露了一个事实：自己"现在又到了业余状态的写作","写短篇跟时间的零碎有关，我的心里必须有为同行服务的意识"。

绕了上面这样一圈，实际上都是为了本文如何看铁凝这本新近出版的散文随笔集《以蓄满泪水的双眼为耳》这个主题而交代些背景。坦率地说，拿到该书之初，自己并没有太当回事儿，也没有急迫地要翻一翻读一读的冲动，在当下这个出版资源短缺的大背景下，以散文随笔形式结成的集子不是少而是太多，闲时翻翻虽无害然不读也绝不会可惜。就这样直到某日自己整理一个阶段收到的新书时才拿起来翻了一翻，没想到的是这一翻竟然就一翻到了底，还有了这则不成气的小文。

写作这篇小文也主要不是想评说这里面的散文随笔写得如何之高妙，说到底对文学作品的鉴赏毕竟是一桩见仁见智的活儿，即便我说她写得再好，终究也是会有人不以为然的。读《以蓄满泪水的双眼为耳》，最吸引我也是我最想为之点赞的是作家那种"不掺假"的创作姿态。看家或许会因此而哑然失笑：这不就是创作最基本的应有姿态吗？有什么可点赞的？话虽可这样说，但我们必须承认一个客观存在着的残酷现实：那就是我们现在社会生活中出现种种负面问题的一个共同原因就都是在最基本的底线上失守，诸如执法者自己违法，教育者不懂教育之类……在散文随笔写作领域同样也不例外。最近连续十余年来，笔者一直在应某出版社之约为其编选一本号称为"年度最佳"的散文随笔选，因而每年不得不阅读大量这种体裁的文字，这也就有幸拜读到了太多的不说"掺假"但至少是本人颇不以为然之种种：一本集子注水甚多、单篇则矫情与做作文字不少。相比之下，《以蓄满泪水的双眼为耳》则基本可谓"惜字如金"了。

《以蓄满泪水的双眼为耳》是铁凝自己从2007年以来写就的散文、随笔、演讲和文学对话中筛选而成。我虽未准确统计过铁凝在这近十年中究竟写作了多少这样的文字，但可以肯定的是总字数绝对远超出现在成书后的区区三辑二十一万字，以如此苛刻而非随意或尽收的态度挑选自己的作品成集就是一种典型的"不掺假"。再说该书第二辑，主要集纳的是铁凝出席各种会议或论坛时的讲话或演讲，话题涉及阅读、文学的功能、国际间文学交流、爱与意志、贫富与欲望、文学与土地以及文学与灵感等等。作为一个大国的作协主席，不时参加这样的论坛并作为嘉宾发表主旨演讲并不奇怪，这当然也可以理解为一种职务行为，既然是职务行为，当下一个习见通行的作法则要么是秘书代笔，要么是组成一个写作班子成稿，上台演讲者也许会亲自动笔改上几处，也许就是照本宣科，但铁凝的这些文字绝对是亲力亲为独立思考的产物。我之所以敢如此斩钉截铁地予以认定，除去从行文上判断外，也有自己的切身体验。人民文学出版社六十周年社庆时，我曾邀请铁凝出席并发表讲话且为之准备了几页讲话稿，铁凝虽如期而至但讲话时大约也就用了本人起草稿中一两句祝贺之类的套话，其余则全是她自己的词儿。这又是典型的"不掺假"。不仅如此，在《以蓄满泪水的双眼为耳》的三辑中，第一辑的内容大抵与给作者留下了深刻印象的人有关，这也是散文写作中最习见的内容，第三辑则集中于接受访谈与对话。相比之下，这第二辑因其有"命题作文"之限，且话题还多与所谓"宏大"有关，因而既容易落入"官话"之套路，也难以用散文随笔这种文体从容道来。但在我读后的感受，又恰以为铁凝这部新作最出彩的部份正是这第二辑：既不出"命题"之框框又独辟蹊径，话题虽"宏大"却不仅入口小巧，更难得的是一份真切，出言立论莫不与自己切身的写作经历与阅读体验息息相关。将一个个容易说得生硬的话题春风化雨般地娓娓道来，这不仅是一个优秀作家的本事，更是"不掺假"的驱使。这样说其实并非我的主观判断，铁凝自己也丝毫不掩饰这一点："散文在某种意义上有不可制作性，写散文首先要求真。小说的叙述者可以是两个人，叙述者可以是旁观者的态度；散文不可以，如果没有真正触动你的东西，就不能写，对散文我没有经历过制作感，没写过虚构散文。"

  这其实又是一道底线，说出来不难，写出来也容易，难就难在始终真正"不掺假"地践行之，在这个意义上，我推荐《以蓄满泪水的双眼为耳》。

2016 年 10 月于北京

文学阅读的"指挥棒"有无可能"显灵"

看文学阅读

坦率地说，对于社会上颇为流行的一些好为人师者就文学阅读说三道四的行为——无论是推荐书目还是划出一些所谓"不宜"阅读之类，我一向都是不太以为然的，尽管我从不怀疑这些人的善意。我自己同样尽量不就这个问题发声或撰文，如果实在推脱不掉的时候，那至少就要说上三句话：一、读比不读好，所谓开卷有益是也；二、多读比少读好，所谓博览群书是也；三、如果时间有限那就读些经典，她们毕竟是经过时空洗礼而留存下来的读物。之所以如此，是因为我始终顽固地认为真正的阅读终究应该是一种安静的个人行为与选择，更何况文学阅读从来都是见仁见智的，如同俗语所说的那样：有一千个读者就有一千个哈姆雷特。好舞弄文学阅读"指挥棒"者未必能够"显灵"。

再进一步说，在推荐书目与划出"不宜"阅读范围这两者间，我对后者尤其不赞成甚至反感。简而言之，你好为人师也罢，即使你就是"师"甚至是"名师"也罢，你也无权去限制他人（无论他人成年与否）自由阅读的权利，更何况你又凭什么将一己之见强加于他人？你的选择你的阅读心得难道就是公理？这种缺乏基本常识公理的阅读霸权意识还是免了的好。新近读到一则出自某名牌大学一位官至"院长"且声称还是研究教育的某"师"之手的"大作"《"四大名著"适合孩子阅读吗？》便是上述阅读霸权意识的极端代表。该文认为不仅中国古典四大名著不适合孩子阅读，就连"三十六计"、翻译的世界文学经典也不适合孩子们阅读，为了证明这点，这位"师"还声情并茂地写道："当我给女儿读'弗吉尼亚的兔子'时，完全不知道'弗吉尼亚'对她而言意味着什么，我倒宁愿给她讲'宁夏的兔子'，起码她知道那是爷爷奶奶住的地方……"看到出自"名校"之"师"之手的这等"雄（熊）文"，也只能无语了。这位"师"难道就不明白：即便你对四大名著和三十六计的解读自成一说，那终究也不过只是众说中之一说而绝非公理；贵千金"完全不知道'弗吉尼亚'"本是再正常不过的，身为人父，当女儿不知道"弗吉尼亚的兔子"时你偏要给她讲"宁夏的兔子"，这就不是经典之过而是父之过了。如此好为人师者到底是"为人师"还是误人子弟？一个专事研究教育的人可以欠缺某种常识，但不能连尊重、平等、自由这些最基本的社会底线都不要了，身为名校之师，更不要膨胀得以为自己就是衙门的判官。我倒是可以断言：以如此之无知武断地设置一些阅读禁区，并企图以此影响阅读的"指挥棒"注定是不会"显灵"的。

回过头来再说文学阅读。"促进全民阅读、建设书香社会"在当下中国正日益成为一种共识，作为一项庞大的社会工程她已连续几年被写入中央政府的年度工作报告，各级政府和社会组织也纷纷围绕着全民阅读相继出台了一些政策措施并组织形式不同的多种活动予以促进，在当下娱乐至上、实用为先、全民阅读率不高的大背景下，这一切无疑都是建设文明社会的一个重要组成部分。在我看来，除去那些因某种实用的需要而必须进行的阅读外，在全民阅读中所占比例最大者当属文学阅读了，因此，换句话也可以说文学阅读的数量和品质如何在某种意义上就成了衡量全民阅读水准的一个风向标，本文开篇所指的那种推荐书目或划出一些所谓"不宜"阅读的行为更多地也都是指向文学阅读。

我注意到，一些社会组织或学者就促进全民阅读经常祭出的招数一是撰文大谈阅读的必要、益处与方法；二是开出一批推荐阅读的书目。坦率地说，那些大谈阅读的必要、益处与方法的文字说得都对，但就是空对空，有的甚至通篇不见一本书名，这样的文字即使道理再周全，也终究缺少亲和力和说服力。至于推荐书目，虽出自不同机构或学者之手，但一个共同的特点就是不约而同地向古今中外的文学经典倾斜。对此，我当然十分认同，倘自己要开一份推荐书目恐也难逃这个框框。与此同时，我又注意到另一多少会令人扫兴的现象，那就是我们围绕着中外文学经典的推荐书目虽多，但收效却甚微。一份来自中美两个国家几所著名大学图书馆提供的学生借阅书单统计显示：中国大学生借阅率居高者不是工具书就是流行读物，很少文学经典，而美国大学生借阅率居高者就是绝对的文学经典。如果不是我们的莘莘学子在进入大学读书前就已遍览中外文学经典，那只能从一个侧面说明我们的大学生们对阅读文学经典兴趣不大，也说明我们那些推荐书目的"指挥棒"同样没有"显灵"。

推荐书目这根"指挥棒"不灵的原因或许是由于传播的不力，或许是因为年轻人不愿受人支配的心理使然。那么能否少些干巴冰冷的推荐书目、少些空洞无味的说教，多些有体温接地气、具体实在鲜活的读书心得来和大家分享与交流呢？仅就我个人的阅读实践而言：我将与自己工作职业相关的阅读统称为"职业阅读",除此之外则谓之为"率性阅读",既然是"率性",那就的确不太愿意听命于各种阅读"指挥棒"的"导向"。总结自己"率性阅读"时的选择,大致有以下几种"导向"在我身上是可能"显灵"的,即一、禁止者,二、流行者,包括畅销书排行榜靠前或社会上口口相传的,三、某些他人读书心得的导引。前两者应该说是出自人性中所谓"逆反"与"从众"之类心理的驱使,我辈凡人,自然无从免俗。至于第三种,则的确是为某篇走心的读书心得所打动后才主动去寻找该书阅读。

  总结一下:无论是推荐书目还是划定"不宜"阅读的范围,实践已经证明这样的文学阅读"指挥棒"都难以"显灵",而在我个人身上可能"显灵"的那种跟着走心读书心得走的阅读终究也只是一种个人的经验,未必具有共性。如此说来,还是应验了自己那种顽固的认为:真正的阅读终究应该是一种安静的个人行为与选择。

2016 年 11 月于北京

往事与回想如何"微"呈现

看韩少功的《枪手》

韩少功以其短篇小说《西望茅草地》成名于文坛,然愈往后他的短篇创作却相对少了,更多的精力转向了长篇小说和长篇散文的创作,这并不奇怪,中国多数作家成名后的创作轨迹大抵如此。不过,在少功近些年不多的短篇创作中却不时给人以惊喜,2010年面世的《怒目金刚》如此,新近读到的《枪手》也不例外。

《枪手》的篇幅不过万余字,着墨稍多且有姓或有名者也只有三个——"我"、夏如海夏小梅兄妹。作品大致讲述了这样一个故事:在那个舞枪弄刀的荒唐年代,"我"被夏如海持枪走火误伤,所幸无大碍,整个国家的无政府状态结束后,"我"成了一名下乡知青。没想到的是,在插队的日子里,几年前的那次意外事故竟然引来了警察的调查和夏小梅的求助……一串看似支离破碎的场景拼接成了夏如海因那次误伤"我"的意外事件而导致的悲剧人生。

万余字的篇幅、并不复杂的故事却承载着沉重的内涵。顺着故事的情节往下缕：疯狂年代、无政府、青春、荒唐、命运、悲剧这些并不轻松的概念渐次浮上脑海。经历过那个疯狂年代的人都没有理由否认其最典型的两个表征：一是无政府、二是贫穷。如果没有无政府，就不会有"走火"与"误伤"；如果没有贫穷就不会有"走火"与"误伤"的后续发酵；如果没有上述两根导火索的交织，就不会有夏如海的命运悲剧。这就是《枪手》所透露出的叙事逻辑，如果沿着这样的逻辑再进一步解读其内涵，《小说选刊》转发这部短篇时责任编辑在"稿签"上写下的那段话进行了高度的概括，请恕我不厌其烦地摘引如下："一段无序特殊状态里的风云际会与萍水相逢……三个少年像是在那个时代的蜡纸上留下了属于自己的不一样的刻痕，在本应阳光灿烂的青春里，枪声、劳作，与寻找、拯救交织往复……剥离出一段个体命运的沉浮，绘制出了岁月的斑驳和支离破碎。夏如海用传奇和热血，夏小梅用柔情和锲而不舍，'我'用这则隐晦的寻人启事，完成了致青春！时代吞噬了一些人，消隐了一些人，却让往事与回想更加清晰、萦绕不去，难以磨灭。"

按时下评论界的流行说法，《枪手》所涉之题材可称得上"宏大叙事"了，少功却用万余字就囊括了如此之"宏大"，且在"宏大"中又负载着几多沉重，这到底是"生命中不能承受之轻"还是"之重"？无论如何，少功的叙事能力在《枪手》中展现无余。的确，《枪手》以区区万余字之"身躯"要穿越十余年时光隧道且承载起如此厚重的内容，如果没有缜密和机智的叙事能力，那呈现在读者面前的肯定不是现在这样的精致而很可能就是一个故事甚至还只是故事的梗概。这种叙事的讲究多的姑且不表，单说它的结尾便足以窥一斑而见全豹。在收笔端，少功煞有介事地"说起另一个故事"，这"另一个故事"其实几乎可以肯定就是夏如海人生的终点，但少功偏又要卖关子地写道："尽管两个故事之间有几分暗合，我说的夏如海却不应该也不至于是这个倒霉的313。恰恰相反，几十年过去，他可能眼下还活得好好的。"如此这般，亦真亦幻？味道自然也就大不一样：真如何？幻又咋样？叙事的指向飘忽，想象的空间放大，自然不会有相同的体味。这就是不同的叙事所带来的不同魅力。而类似这般运用叙事手段来调动读者的参与和想象、拓展作品的空间与厚度在《枪手》中又并非仅仅只是在结尾时所独有。

依《枪手》故事的基本走向，依现在写作的流行状态，将这部作品撑成一部二十万字左右的长篇应该不难而且也不会有注水之嫌。"我"与夏如海的关系是一条线，夏如海自身的成长是一条线，夏家故事又是一条线，三条线的交织足以将一部长篇装点得够丰满。尽管如此，少功却偏要将这样一个本可以大起来的家伙在篇幅上处理得如此"吝啬"，但成色又丝毫不逊于"大家伙"。这个事实的意义在我看来就已经远远超出了对《枪手》自身的评价，他还在无声地矫正着长期以来我们在对文体认识上的一些偏见。

　　人们的确习惯于将长篇小说称为文学的"重武器"。仔细想来，这其实只是一种形象的说法而已，并不意味着长篇小说这种文体本身就一定优于短篇或中篇小说，也不意味着长篇小说的写作难度就一定高于短篇或中篇小说。然而，不知从什么时候起，从创作到理论批评，虽鲜有公然如此主张者，但种种"约定俗成"的"不约而同"却无形中给人以误会或误判。早些年，绝大部分中国作家的创作基本都是顺着从短篇、中篇到长篇这样的轨迹前行，在成名作家中，很少有专注于短篇或中篇而不写长篇的；到了网络时代，一些成名或未成名者则干脆一上来就往长里抡，往系列上走，而且是越抡越长、越走越远，这其中固然有经济的因素使然，但更有不写出一部枕头般的长篇就不足以安眠的心理驱动。与此相呼应的现象则是现在专门关注某部短篇的评论基本绝迹，短篇小说的结集出版也越来越难。如此"长"风呼啸，仿佛唯有长篇的写作、长篇的评论、长篇的出版才足以彰显一个人的创作水准、研究水准与出版能力。

这样的"集体无意识"绝对是人们对小说文体认识上的一大误区。环顾世界文坛，欧·亨利、契诃夫等文豪终身均未涉足长篇小说创作，但丝毫不影响他们在国际文学史上的不朽地位；同样也有另一些大师虽涉足过短篇长篇等不同文体的写作，但后人之所以崇敬他的缘由却是短篇而非长篇。这些客观存在的事实其实都在说明一个基本的原理：无论是短篇、中篇还是长篇，它们固然有自身文体上的个性特点，其最终呈现出来的生活也的确会因篇幅的不同而给读者带来不尽相同的阅读感受，但所有这一切差异既不代表着它们之间在文体上就存在着天然的优劣之别，也不意味着某位作家创作能力的高下。有的作家或许有"通吃"的本领，有的作家则更有偏于某一种文体的天赋。其实，无论是短篇、中篇还是长篇，只要作品本身出色，对文学对读者而言都是同一种福音，如同硬要在契诃夫和列夫·托尔斯泰之间分出个大小高下既很无知也很荒唐一样。

韩少功或许可归于有"通吃"本领的那类作家，坦率地说，《枪手》中所呈现的那段生活以及由此所导致的人物命运并非独一份，相反倒是有些似曾相识，类似的题材与故事在其他一些长篇小说中都已有所涉及，所不同的就是审美感受的差异，而且这种差异还巨大。仅就本人的阅读感受而言，区区万余字的《枪手》带给我的震撼要远大于不少动辄数十万言的"长篇巨制"，于是就有了这则题为"往事与随想如何'微'呈现"的闲言碎语。

2016 年 11 月于北京

"最佳"飞舞当从容

看"榜单"

又至岁末年初之交,从中央到地方,诸多媒体或机构纷纷推出有关年度新书的"最佳"或"推荐"排行榜。一时间,各色"榜单"飞舞,好不热闹。

本人一时也难以统计这年关之际的天空上究竟飞舞着多少份这样的"榜单",但其在结构上却无一不呈现出如下特征:

首先,"榜单"虽多,其发布者则不外乎或为图书出版者自身,或为媒体无论是传统还是新媒体,或为与阅读、出版相关的第三方如协会、学会、图书馆……

其次,"榜单"之组成大抵可分为或综合或单一或大综合下再分类等三类,诸如"十大好书"(综合)"十大文学好书""十大学术文化好书"(单一)"大众喜爱的五十种图书"

（大综合下再分为文化、文学、生活与科普和少儿等四类）。

第三，"榜单"的产生除极少数纯粹依据读者票决的多寡而形成外，也有将读者的票决和专家学者意见相结合而产生（一般情况专家学者的意见所占权重更大），而绝大多数则是由"榜单"发布者聘请的专家学者组成评审委员会依据一定的规则和程序评审产生，至于这评审委员会的组成少则十几人，多则几十人（多为综合类"榜单"）。

最后，无论"榜单"的规模组成几何，莫不声称自己的评审与发布程序公平公正、评价专业权威，值得信赖……

说完了"榜单"的外在结构，不妨再仔细观察和分析它们的内在成色和品质。按常理论，无论是多少"佳"，既然都冠之以"最佳"，那单是这一个"最"就决定了这些个"榜单"的重叠率理应十分之高，更何况绝大部分"榜单"还都声称是由业内专业权威的专家学者按照公平公正的程序评审筛选而出。

然而，我观察到的事实却是各种榜单的重叠率并不能称之为十分高，粗略匡算了一下，这些个"榜单"的平均重叠率最多也就只有50%左右，再极端点看，几乎还没有一本书能够"征服"所有的"榜单"评委们的心。

这种现象似乎就只能用"见仁见智"这四个字作为唯一合

理的解释了。也对！萝卜白菜各有所爱，何况还是书呢？更何况这些书又还是由一个个活生生的个体所推出。特别是文学，先哲们早就说过"一千个读者就有一千个哈姆雷特"这样的至理名言。

然而，我又观察到：并不是所有的"榜单"都公开自己所聘请的评审专家的大名，这也可以理解，保护学者的隐私和保持专家的"神秘性"嘛。而据那些公布评审专家名单的"榜单"统计，频频出没于各种评审场合的专家学者之重叠率倒是不低的，大抵不会低于50%吧。且这些个专家大致又是由这样几部分人士组成：一、"榜单"发布方的领导；二、相关学科的活跃学者；三、各主要媒体读书版面或栏目的掌门；四、近乎职业书评人。

如此这般，问题又出现了：一面是各"榜单"入选图书的重叠率最多只有50%，一面是出没于各种评审场合的评委专家的重叠率不低于50%，而将这两个50%放在一起有些现象就未免不太好解释。还是按常理论：同一专家心目中的"最佳"理当一样，既然出没于各种评审场合的评委专家的重叠率不低于50%，那么各"榜单"入选图书的重叠率何以最多又只有50%呢？那是否意味着同一专家在不同场合投下自己心目中"最佳"的票并不完全相同呢？如此无端揣测，对专家们实在大不敬，罪过罪过！惶恐间，蓦然想到一条与专家们纯个人选择无关的理由：那就是各种"榜单"的发布者其实可能还有自己的诉求与准绳，只是这种诉求与准绳并未公之于世而已。比如有的看重市场占有率、有的就是要求所谓非市场纯品质、有的则更有自己的小九九……因此，所谓"最佳"不过只是一种逻辑指引下的"最佳"而已，并非放之四海而皆准的、通吃的"最佳"。明白了这一点，上述疑惑随之释然，专家们也不用为自己的"随风摇摆"担责了。

因此，漫天飞舞的"榜单"所张扬的"最佳"从本质上完整地表述就应该是少数人服从于一种逻辑需要而设定的，尽管他们是专家，但依然也只是少数。试想：一个"榜单"的评委不过十余人，再细分一下，具体到每个学科的评委就更少，面对每年数以几十万计的新书，即使是面对经初步筛选而出的几十种候选书目，也绝对不是所有专家都有时间、有精力、有兴趣地逐一通读过的。因此，笔者断言这些"榜单"就是少数人的设定也并非妄言，不过只是客观地描绘出了一种事实——隐藏在绚目"最佳榜单"背后的客观事实而已。

以上将当下漫天飞舞的各种"榜单"里里外外观察解剖了一番，绝无对此有不尊不敬之意，它们毕竟浸透着主办方的好意和评审者的心血。坦率地说，本人写作这篇短文的意图除去撩开披在"榜单"头上的神秘面纱外,更主要的目的还在于如下两个方面。

一方面,尽管这些"榜单"所张扬的"最佳"从本质上说不过只是少数人服从于某种特定的逻辑需要而设定,但依本人这个自以为阅读量还不算小者的判断:我无意也没有能力评判这些个被推荐出来的图书是否真的就是那个领域中的"最佳",但可以肯定的是它们无一不是其所在领域中值得一读的特色之作,在茫茫书海中,能有专家为你披沙拣金选出若干不虚一读的特色之作终究也是一件善事和幸事。在这个意义上,我依然会为漫天飞舞的各种"最佳榜单"点个赞。

另一方面,还是因为这些"榜单"所张扬的"最佳"从本质上说终究只是少数人服从于某种特定的逻辑需要而设定,因此,无论是写书人还是读书人,固然可以在这些个眩目的"榜单"前驻足注目,向为此而付出心血与智慧者致敬,但更需要的还是从容与淡定。面对每年新出版的二十余万种新书,面对每年新面世的近五千部长篇小说(还不含直接上传到网上的海量的所谓"网络文学"),倘迷信于少数人推出的少数几种"最佳"那肯定不是写书人与读书人的应取之道。这还不是所谓"遗珠"之类的憾事,而是和写作与阅读的本质背道而驰。我本人至少迄今还依然顽固地认为:无论是阅读还是写作本质上都是个人的一种选择与生活方式,因此固然要放眼世界博采众长,更要回归内心安静灵魂。这也是本文之所以命题为"'最佳'飞舞当从容"的用心之所在。

2016 年 12 月于北京

小说创作只有精彩与平庸之异

看赵本夫的《天漏邑》

2008年，我还就职于人民文学出版社时曾终审过赵本夫的长篇小说《无土时代》，此后就再无本夫长篇小说写作的任何音讯，真至"鸡年""打鸣"前，他才又在我的"前东家"出版了自己的长篇新作《天漏邑》。时隔近十年终于不声不响地完成一部新长篇，从时间长度看，此君仿佛不是近乎"江郎才尽"就是在以"十年磨一剑"的"洪荒之力"精心打磨。

带着这样的疑惑，特别是因为要带着参加新书推介会发言的任务进入对《天漏邑》的阅读，起先是漫不经心进而很快被吸引得放不下一口气读完进而呆在那愣神，一时竟不知从何说起：作品的确有一些很明显很突出的特征摆在那里值得一说，但同时又有一些与这些很明显很突出的特征逆向而行的东西或明或暗地在闪烁，拽着你逼着你犯纠结、去思考。

《天漏邑》之吸引人的最直接的原因当然免不了它的可读性，而构成这部作品可读性强的要素也不外乎人物性格、命运和悬念的设置这类传统的套路，但本夫的设置的确比较老到。作品中的两个主人公宋源和千张子都属于性格极为鲜明者，且还形成强烈的对比，一个粗犷一个纤细，一个强悍一个柔弱，由此也带来各自命运的纠缠，你中有我我中有你，谁也离不开谁，但又说不清俩人究竟是惺惺相惜还是"既生瑜何生亮"。至于悬念，作品中既有宋源与千张子人物命运的小悬念，更有天漏村这样一个小山村何以竟有三千年的历史以至于比历史上任何一个朝代都要绵长得多的大悬念。作品就是如此这般地揪着你一气往下读直到终了，你不得不佩服作者设置的精致和掌控的周密。然而，《天漏邑》之可读又绝不像一般好看小说，特别是近年流行的几种所谓大IP那般，虽也好看揪心但揪完心后也就松开了。而《天漏邑》的揪心则是没完没了地揪着不放，在那些个性格命运悬念的背后总是藏着掖着些味道任你咂摸：比如曾经的抗日英雄千张子何以竟是叛徒而此后又何以一如既往地与鬼子抗争？比如抗日英雄宋源与叛徒千张子的命运又何以如此纠缠？比如天漏村又何以"百折不挠"？这些显然都不是"可读"二字所能解读得了的。

《天漏邑》的基本写作手段的确有高度写实的一面，有些地方实起来要么是不忍卒读要么是"感同身受"。前者如写日寇对抗日县长檀黛云所施之酷刑及天漏村突遭雷劈时之情景，后者如写千张子因不能承受之"疼"而变节时自己竟然也会有莫名的疼痛感。这一切皆可作为本夫写实功夫已抵达撕心裂肺程度的佐证。但《天漏邑》如此之写实又着实远远解释不了天漏村何以三千年不散不垮的缘由，这个小村落三千年的历史之谜竟浓缩于这片纸间，这又是作者写意功夫好生了得的绝好写照。

小说作法绝对传统但又不止于传统，传统小说中依自然时空谋篇布局、注重情节细节设置、白描刻画精致等十八般兵器被本夫信手拈来，作品即便是双线叙述也依然中规中矩，绝无时间穿越错乱之安排，无非一条以宋源和千张子的成长及个人命运为线，另一条以祢五常先生为首的课题组围绕着天漏村历史展开的田野调查为线，两条线之间基本不交叉，唯一使之连为一体的要素就是天漏村这个物理时空。但就是在这些土得掉渣的传统写作中又不时传来"我从哪里来？我到哪里去""个体的渺小""命运的无奈"之类充满现代性的"天问"……

注重可读性又不止于可读，着力写实又不止于写实，看似传统又不止于传统，《天漏邑》就是这样的一个混合体，"混"

得天成,"混"得自如,"混"成了赵本夫自出道以来至今为止最浑厚的一部长篇,真没枉了"十年磨一剑"的寒窗之苦!

浑厚的《天漏邑》不仅使赵本夫的长篇小说创作站在了一个新的高度,同时也给文坛带来了一些有益的思考。现在我国年产长篇小说已近五千部,这还不包括那些一时尚无从准确统计的所谓"网络文学"中的所谓"原创小说"。面对长篇小说如此"旺盛"的生产力,我们不时看到或听到这样的分类与评析:这部小说真传统、那部小说很现代;这部小说出自传统作家之手、那部来自新生代,而在这样的代际划分中还要进一步细化成某某年代……如此这般,或从创作手段着手或从作家年龄入眼,虽不能简单断言这样的分类描述与研究毫无意义,但失之于粗则是毋庸置疑的。而更值得注意的是:在这种看上去不过只是分类描述与研究中,骨子里或多或少自觉不自觉地暗藏着一种近乎"创作进化论"的价值判断。这种"集体无意识"仿佛在不断地暗示:现代比传统深刻,新人比老者拉风。倘本人的揣测无误那这种所谓"创作进化论"的"集体无意识"就着实值得商榷了。人类文明包括文学创作的发展从来就不是代际的绝对替代,而始终是处于在吸收中融合、在继承中创新这样一个生生不息的运动进化过程之中,那种"古已有之"的所谓文明自豪感和"横空出世"的所谓历史虚无论本质上都是肤浅而片面的。这当然是一个十分庞大的专业课题，远非这则小文所能承载。但赵本夫的长篇新作《天漏邑》的成功至少给我们这样一种启示：小说创作本无所谓传统与现代之别，而只有精彩与平庸之异。

传统也罢，现代也罢，精彩就罢！

2017 年 1 月于北京

不专业无产业

看徐俊的《鸣沙习学集》

这应该是拙专栏自去年年初开张以来第一次推荐一本专业性极强的学术论文集。按理说,我是没有任何资格写作这则小文的:首先,这本论文集中所收大部分学术论文无不共同指向一个名为"敦煌学"的专业,对此本人不仅谈不上有任何研究,而且真的就是一个百分百的"敦煌学盲",单凭这一条就理当三缄其口;其次,作者徐俊兄现任中华书局总经理,从大的概念讲算我的同事,依世俗论,说好说坏都不妥,凭这一点亦当退避三舍。尽管既无评说的资格又有犯忌之嫌,本人还是要顽固地犯一犯这个忌,实在是因为徐俊兄的这部专业性学术论文集犹如一根导火索,点燃了自己积压多时的一些非学术感慨,不吐不快。

这部名为《鸣沙习学集——敦煌吐鲁番文学文献考》的敦

煌学研究专题集，集论文凡三十九篇，其中绝大部分均以敦煌诗歌专题研究为主。如何评价这部学术论文集的学术价值，我没有任何发言权，好在陈尚君先生白纸黑字留下了评说："引证之丰沛，考辨之绵密，分析之仔细，发明之新警。"我之引尚君先生评说为据不仅是因为他是我的大学老师，而且更是当今公认的唐宋文学研究大家，我没有理由不信任。

当然，为了印证陈先生评说的尺度妥帖与否和自己为文的独立性，我也努力将徐俊兄的大作忽轮吞枣地学习了一遍，其中若干篇则是不知其味地细细"啃"了一遍。外行看热闹，内行看门道，本人虽根本无力像陈先生那样内行看出其中门道后再作评说，但自己终究也练了几十年的文字活儿，个中热闹总还是可以看看的。以《身临其境的讲坛——关于敦煌诗歌写作特征、内容及整理方式的考察》一文为例，第一部分回顾敦煌诗歌整理研究的概况，从罗振玉到胡适、郑振铎到董康到王重民再到巴宙先生等一干海外华裔学者对敦煌诗歌文献的整理研究贡献一一道来，文字虽不长，但言简意赅、脉络清晰；第二部分讨论敦煌诗歌写本的特征，虽只涉及"写本时代"与"民间文本"两点，却引经据典达三十五条之多，力求落笔有据；第三部分对敦煌诗歌进行分类考察时，前后设置了时段、现存文献、作品产生之地域、作者身份和作品流传的场所、文学源流和敦煌学郎诗等六个维度，呈现出一种立体化多视角的学术追求；最后一部分关于诗歌写本的整理方式，面对敦煌文献发现的特殊意义与价值，作者特别强调了要准确把握写本文本特征、与其他敦煌写本相结合和与传世文献相结合的三原则，显现出作者在文献整理时力求还原与求本的学术态度。徐俊兄的上述研究价值如何自然不是我这门外汉能够评说得了的，但其治学态度与方法则完全可以用两个字来概括：专业！在他的研究成果中，无论是材料的引证还是考据的展开，无论是方法的使用还是观点的阐释，无不处处体现出专业的背景、专业的学识和专业的精神，不仅前面列举的论文如此，在本人还逐一"啃"过的《敦煌学郎诗作者问题考略》《伯希和劫经早期传播史杂考——罗振玉题跋〈鸣沙石室秘籍景本〉及其他》《书札中的雪泥鸿迹——中华书局所藏向达致舒新城书札释读》诸文亦无一例外。

倘若徐俊兄的身份仅仅只是一个学者，上述文字则统统自是浅薄甚至都是废话，一个不专业的学者只能是伪学者！现在的问题是徐俊兄的身份首先不完全是一个学者而更是一个出版人、一个以出版中国古典文献为专业方向的中华书局的掌门人，因而这个身份在学术上的专业性就别有一番意义，这也是我这个外行执意要写下这则短文的冲动之所在。

当然，一个专业的学者未必能够成为一个优秀的职业出版人，但一个优秀的出版人则不能不专业。我这里所说的优秀出版人之专业至少应该包括两层含义：一是对自己所在出版领域的学术专业，缺乏这个专业你根本无从判断内容的优劣高下，也缺乏对优质作者的亲和力与粘连度；二是对出版本身的职业专业，缺乏这个专业你可能会做成一两本好书，却无法做强做大出版这个产业。两个专业对一个优秀的职业出版人来说缺一不可。放眼回望我国现代出版发展史上能够称之为出版家的诸位前辈，从张元济、陆费逵、邹韬奋到叶圣陶、胡愈之、王云五……几乎无一例外，看看他们为后人留下的出版财富，无不清晰地一一烙上了两个专业的鲜明印记。在我曾经供职过的人民文学出版社的员工队伍中可以信笔列出这样一串长长的名单：冯雪峰、王任叔、楼适夷、聂绀弩、严文井、韦君谊、屠岸、萧乾、秦兆阳、孙绳武、蒋路、绿原、牛汉、孙用、林辰、杨霁云、王利器、陈迩冬、顾学颉、刘辽逸、伍孟昌、许磊然、卢永福……他们无一不是出版人与作家、诗人、文学评论家和文学翻译家的复合体，而正是有了这些"双面人"的存在，才铸就了人民文学出版社在新中国文学出版史上的领头羊地位。

以此反观我们当下的出版业，标准的说法是正处于大而不强的阶段，因而必须实现由大向强的转变。依我理解：这里的所谓"大"、所谓"强"都是着眼于产业层面而言。我们的年出版量已逼近五十万种，远高于欧美年二三十万种的量，这是所谓"大"；而文化影响力和整体的经济实力的不足则是所谓"不强"。

必须承认，我们现在谈出版，论产业多说专业少。出版作为一种产业这没有任何问题，问题是产业化背景下的出版本质究竟还是不是以内容为核心，而与出版业自己所折腾的那点小房地产、非出版贸易、金融等其他营生无关？如果认这本账，那么我们出版"大而不强"的根说到底还是内容不够强，而内容不强的根则在于身为出版人本应必备的两个专业都不强。学术专业弱导致了无法识别与判断内容的优劣，也吸引不到优质的内容源，其结果只能是盲目放量的"傻大"；后一个专业弱的结果则一定是无法将优质的内容传播开放大去。从这个意义上就出版而言：不专业则无产业！现在一些有识之士已经意识到这点，提出出版界也需要"工匠精神"，其用心、其所指本人当然十分认同，只是又以为"工匠精神"更多指向的是工作时那种精益求精的状态，但如果没有专业学识与能力的保障，即便主观上欲"求精"，行为上也照样无从下手，既如此，倒不如理直气壮地强调出版人的专业化更明白痛快。

罢罢罢！倘任此议论下去，离本文讨论的对象徐俊兄的《鸣沙习学集》将渐行渐远，徐兄的新作在这里就像一个"药引子"了，多有得罪！好在拙文开头已有相关声明在先，更何况我对徐俊兄这类做硬学问者始终心存敬佩，只是本人不才，只能就此打住了。

2017 年 2 月于北京

毕飞宇的"刀功"是如何练成的

看毕飞宇的《小说课》

关于蒲松龄:"《促织》是一部伟大的史诗,作者所呈现出来的艺术才华足以和写《离骚》的屈原和写'三吏'的杜甫、写《红楼梦》的曹雪芹相比肩。我愿意发誓,我这样说是冷静而克制的。"

关于汪曾祺:"在汪曾祺这里,'平白如话'通常是一个假象,他的作品有时候反而不好读,尤其不好讲。"

关于阅读:"'一千个读者就有一千个哈姆雷特',这句话好;但我也想强调。'亿万个'读者同样不可能有'亿万个'哈姆雷特。"

…… ……

上述种种"奇谈怪论"都是出自一个名叫毕飞宇的著名作

家兼南京大学教授之口，之所以称其为"奇谈怪论"，盖因为这些调调都不是我们曾经熟悉的那个调；之所以要将奇谈怪论四个字框上引号，盖因为这家伙说得的确有道理，至少他是实证的、雄辩的，要驳倒还没那么容易。

自打《推拿》面世迄今已近十年，毕飞宇没再整出一部新的长篇小说却"开"出了一门"小说课"，其讲稿被人民文学出版社作为丛书"大家读大家"之先锋新近面世。"主课"十六个课时，涉及中外小说经典七部。坦率地说，这些"教案"先前分别传播时也大都浏览过，虽时有拍案叫绝但更以为只是作家一时之心血来潮，而此次一气"倾听"下来着实从整体上备感钦佩。这套丛书的两位学者主编丁帆和王尧先生在谈到丛书设计的初衷时坦言"邀请当今人文大家（包括著名作家）深入浅出地解读中外大家名作，目的就是想让两个'大家'来全力推动当下的'全民阅读'"。如此事关国家文化战略的高站位大视野我自然无能企及，本人之感钦佩只是因为飞宇"庖丁解牛"的本事实在是高。

庄子笔下"庖丁解牛"的故事其本质无非是在告诉人们：世间万物都有其固有的规律性，只要你在实践中做有心人，不断摸索，久而久之，熟能生巧，事情就会做得十分漂亮。我当然知道以这样的解释来评价飞宇的《小说课》着实是低了俗了,但看到他对小说绝妙的解读,"庖丁解牛"这四个字就禁不住地往脑子里窜,姑且就算只是一种借用性的描述而绝非评价吧。

事实也的确如此,面对中外小说经典这个对象,其个性化复杂程度远比一头牛要多。也正因为此,飞宇的本事遂格外突显,堪称"特级庖毕"。我一直在想:这个"特级庖毕"的本事是怎样炼成的?琢磨半天还是找不到"高大上"的描述与概括,于是又只好回到最土最实的话语:那就是老老实实地紧贴文本、走进文本,从作家的写作入眼入手。

行文至此,有人一定会不以为然:这又算哪家子"独门绝技"?对毕飞宇来说未免太简单了,更何况他自己就是一个优秀作家,自然对同行的写作会多一分了解多一些敏感。

事实果真如此简单?这里不妨抽出一份飞宇的教案学着用飞宇的办法试着解剖一番看看结果如何。为了这个教案具有最大的通识性,就选那则题为《什么是故乡?——读鲁迅先生的〈故乡〉》为例吧。

关于鲁迅先生的短篇小说《故乡》,我想但凡受过初等教育的公民都会有那么一点印象,我印象中自己从小学到中学到大学的课堂上就没间断过对这部作品的学习,无非是课程名字从"语文"变成了"中国现代文学作品选读"。然而,先生的《故乡》在我接受的教育中留下的是怎样的记忆呢？我现在能回忆得起的就是作品通过对闰土和杨二嫂的描写，反映了辛亥革命前后农村破产、农民痛苦生活的现实；深刻指出了由于受封建社会传统观念的影响，劳苦大众所受的精神上的束缚，造成纯真人性的扭曲和人与人之间的冷漠及隔膜，表达了作者对现实的强烈不满和改造旧社会、创造新生活的强烈愿望。不敢说我们曾经一次次听过的这些就不对，只敢说当时的确不太理解为什么要这么说。但老师们又是从一段段的"段落大意"推论出这样的"中心思想"，也有自己的逻辑，于是"理解的要执行，不理解的也要执行"，作为学生，强记下来死背下来就是了，无非考试再将这一套还给老师罢了。

且看毕飞宇如何解剖"故乡"。

同样也是一种递进式的解读，但绝不是"段落大意"式的递进而是选取了五个部位由大及小地逐一落刀。第一刀，飞宇石破惊天地用了一个"冷"字总括鲁迅先生的短篇小说集《呐喊》（自然也包括《故乡》）乃至先生的总体特征："冷是鲁迅先生的一个关键词"。"是冷构成了鲁迅先生的辨别度。他很冷，很阴，还硬，像冰，充满了刚气"，但鲁迅的冷又是"克制"的。第二刀，飞宇则将先生的小说拉进了象征主义的范畴,"《故乡》是一篇面向中华民族发言的小说,它必须是'中国',只能是'中国'","《故乡》是象征主义的,正如《呐喊》是象征主义一样"。"鲁迅和卡夫卡像,但鲁迅和卡夫卡又很不同,最大的不同就在这里:卡夫卡在意的是人类性,而鲁迅在意的则是民族性"。第三刀,飞宇用"圆规"二字指向杨二嫂,实则是鲁迅作品所一直挞伐的国民性之一"流氓性"。第四刀,剑指《故乡》中的另一位主角闰土,看上去鲁迅写闰土是"抒情的和诗意的,这一点在鲁迅的小说里极其罕见",但骨子里先生则是从闰土"分明地叫道:老爷"来完成了鲁迅作品对国民性之二"奴隶性"的鞭挞,这件事鲁迅"一刻也没有放弃,甚至做得更多,那就是批判'被统治者'"。最后一刀,飞宇刺向了《故乡》中的几个物件——"碗碟、香炉和烛台",并以此盛赞鲁迅先生小说结束时的力量,"就在'没有小说'的地方,鲁迅来了一个回头望月,通过回望,他补强了小说的两位主人公,也就是'故乡'的两类人:强势的、聪明的、做稳了奴隶的流氓;迂纳的、愚笨的、没有做稳奴隶的奴才"。

限于本人能力及本文字数,以上五刀的概括与描述绝对远不及飞宇"课件"本身之精到,但即便是从这样蹩脚的概括中,也并不妨碍我们得出这样一个结论,那就是毕飞宇对

《故乡》的解剖绝对不同于我们以往印象中的那个《故乡》，刀刀见血，目光之冷独、刀功之精准好生了得。那么，接下来的问题是：毕飞宇的这身功夫是如何练成的？思来想去，其实哪一点也都算不上绝技，无非还是读书人应该具备的那些基本功。其一，老老实实地贴近作品、立足文本。别看飞宇在这里口若悬河，但我们之所以折服是因为他的基本依据无不实实在在地出自《故乡》乃至鲁迅这个文本本身。其二，老老实实地从作家写作的时代出发。我注意到，在整门《小说课》中，不仅是对《故乡》的解剖，飞宇还不止一次地提醒读者别忘了作家是在什么时代写作的这部作品。这样一个时间点的定位对准确解剖作品其实十分重要，一方面保证了它的精准，另一方面又不至于胡"穿越"。第三，老老实实但又是扎扎实实地对待某一部经典，飞宇坦言"我每年只读有限的几本书，慢慢地读，尽我的可能把它读透"。正是这样的阅读，在《小说课》中，我们不时看到飞宇会经常同时解剖着两部作品或两位作家，通过比较他们之间的异同来阐发自己的见解。

上述三个老老实实就是地道的老实，无非也就是读书人理应具备的那些基本功。我之所以还要在这里不厌其烦地絮叨一番，实在也是有感于现在学界与文界的诸多不老实，看上去也是口若悬河，看上去也是亢奋雄辩，但就是感觉飘感觉飘，要么看不到依据，要么胡乱穿越，要么张冠李戴，这样的为文和研究对象并无多少关系，与其说是研究与解读，不如说是炫技与自恋，还是少一点好。为何只期望少一点而非绝迹，因为做不到，炫技与自恋者永远都会存在，只是多寡不同而已。

2017 年 3 月于北京

小说叙事还可以这样推动

看张怡微的《细民盛宴》

从最初注意到这部仅有十三万字的小长篇到最终写下这则小文，关注点竟更换了好几次。

起先是为这部小说的名字所好奇。这"细民"到底是"平民"还是"传说中的一种异人"？而无论是哪种，其文邹邹的书名无论如何都是卖了一个小关子，逗得你不由自主地想瞄上一眼，更何况出版方又称此书的作者张怡微乃"海上才女"。

待到明白这里的"细民"说的不过就是平民的故事，起始的那颗好奇心也就淡去了许多，但作者又声称自己"出生于工人新村，从小到大，总计住过三个工人新村，至今都是住在新村里"，而"能表现上海工人阶层日常生活的文学作品是很少的"。如此看来，这部作品还似有欲填补空白之意，只是细读下来，作品中的那些个"细民"的生活与工人新村的关系其实并不大，说他们生活在"石库门""下只角"这类在沪上具有某种特定含义的地域也未尝不可。

既然作品中的"细民"没啥值得猎奇的，关注点就开始转向"盛宴"。其实本可以想象，平民的"盛宴"又能有什么呢？无非是遇上婚丧嫁娶之类的节点一帮亲朋好友聚在一起大碗喝酒大块吃肉大声吆喝而已，既不可能"盛"到哪也"盛"不出啥花头？果不其然，在《细民盛宴》中，我相信读者一定丝毫体会不到其"宴"之"盛"，相反倒是可能不时有寒气袭人之感，"冷"得很也憋闷得慌。再一琢磨，这逼人寒气的制造者恰恰又是那些个参加"盛宴"的"细民"们。于是，关注点还得回到"细民"的身上。

《细民盛宴》中的"细民"还是那个"细民"，所不同的只不过是这些个"细民"虽无血缘关系但偏偏又因缘际会地以家庭的形式生活在一起，作品主人公袁佳乔就是其中典型的代表。在孩童时代乔乔就不得不面临家庭的破碎，这显然是她无从选择的，于是，袁佳乔既有了继母"梅娘"又有了继父"叔叔"，还有了既不同父也不同母的璿彦兄长；好不容易自主成了家，先生小茂尽管勉强可算"青梅竹马"，但又身体极弱性格极懦公婆极势利，于是分道扬镳也就成了他俩的必然选择。可以想象的是：面对由这些个角儿组成的"细民盛宴"，置身于如此人际关系和这般成长氛围中的袁佳乔是如何不得不去但又永远无法自如地应对那种尴尬的。上述简单的描述差不多也就构成了《细民盛宴》故事的主干，出版者将这部作品誉为"世情小说的扛鼎之作"，作者张怡微则自谦地称："讲'世情'有点高估这部小说，这就是一部言情小说。言情小说有严肃的一面，严肃小说可能也言情。如果我们这一代人能写出这一代年轻人感情或伦理的困境，也不见得是坏事。"而在我看来，究竟给《细民盛宴》戴上一顶"世情"还是"言情"的帽子未必那么重要，重要的是作品将这些个奇特的"细民"们圈在了一起，理论上是应该会有许多精彩独特的细节与情节以及许多波澜不惊或大开大阖的心理博弈，或如作者自言"写出这一代年轻人感情或伦理的困境"也不错。带着这样的期待读完了《细民盛宴》，一种奇怪的阅读感受挥之不去：一方面，上面所说的那种阅读期待并未出现，或者至少不那么强烈；另一方面，尽管没有看到"许多精彩独特的细节与情节以及许多波澜不惊或大开大阖的心理博弈"，也不特别觉得"写出了这一代年轻人感情或伦理的困境"，但却并不反感整部作品，甚至间或还会有令人窒息的感觉。那么到底是什么神奇的力量让本人产生如此奇怪的阅读感受呢？于是我的关注点再度离开了作品中的那些"细民"们而移到了作品的叙事。

一般来说，推动小说叙事的力量多是由作品中人物命运或性格的冲突来集结，而这种集结与推动则又是通过大量的情节与细节来实现。通观《细民盛宴》全篇，不是说完全没有独特的情节和细节，比如乔乔在自己生父六十五岁生日时给他做饭时的情景就很细腻也很感人，但这样的处理的确不多，更多的时候读者在作品中看到的不是小说的一号主人公"我"（即袁佳乔）在那里絮叨就是她内心的感受与活动。这也就是说在《细民盛宴》中，基本上是作者的主观叙述在推动着作品的叙事。我自然是没有证据来判断这究竟是作者的故意为之还是她自身真的就不具备构筑情节与细节的能力，但这样来推动小说的叙事的确风险不小。不难设想：一味地听一个被怪癖了的女子独自在那里絮叨个不休该是一件多么招人烦的事，但现在的事实则又是张怡微不按常理出牌的招数不仅没让人烦，反倒赢得了一番喝彩，这只能说明作者在自己主观叙述的设计上真的还是下了一番功夫：《细民盛宴》从头到尾都笼罩着一种看似沉静实则冷冽、看似平和实则哀伤的氛围，袁佳乔那看似随和柔弱的外表下透出了一股子决绝刚毅之气，正是这两个基调如同为作品装上了一个大功率的吸盘，读者也就不由自主地被其牵着走了,什么情节细节都于不知不觉中被浑然忽略……

看来,小说叙事竟也还可以这样推动。

2017 年 4 月于北京

比"天有二日"更重要的

看卜键的《天有二日？——禅让时期的大清朝政》

《礼记·坊记》中有这样工整的四句,"天无二日,士无二王,家无二主,尊无二上",说的是封建王朝之普遍规律。然而在大清朝统治中原267年的历史上,却偏偏出现了一段三年零三天两个皇帝共存的历史:一个是已然手握朝纲超过六十载的乾隆帝,史称太上皇帝、太上皇、上皇;一个是刚刚践位的嘉庆帝,史称嗣皇帝、子皇帝、嗣子皇帝。沿袭了数千年"天无二日"的铁律在这1098天中竟然演变成了"天有二日"。

而后的历史进程表明:作为大清王朝唯一的这次禅让恰恰成为整个清代一个重要的历史节点,这究竟是因此时政治结构的复杂而引发还是其他因素之使然?清史研究专家卜键先生的新作《天有二日？——禅让时期的大清朝政》就对这段特殊的历史时期进行了深入的探究。作者从始于乾隆六十年作为大清王朝唯一的一次禅让落笔，"在约五年的时间跨度中描摹宦情、军国大事、两朝帝王及一些枢阁大臣涵括其中，着力点仍在于禅让的三年"：乾隆帝虽如期禅让却"归政仍训政"的心路历程、和珅及其他朝臣如何侍奉二主、嘉庆帝虽经过二十二年"候任"终于登基却又不得不面对上有太上皇下有群臣这样格外复杂而微妙的环境……凡此种种错综复杂的纠缠，均在卜键先生以时间为经以事件为纬的布局中，疏密有致、条分缕析、且史且文地一一呈现出来。

大清王朝唯一的一次禅让虽早在乾隆帝的精心设计中，于江山社稷，他期望用一种平和恰当的方式传承帝位，以期实现政权的平稳交接；于个人修身，则是乾隆遵循儒家理念，将治经与道统整合于一体的尝试。这样的脑子不能说不清醒，这样的愿望不能说不美好。然而，清醒的头脑与美好的愿望和残酷的现实间却未必形成正比，嘉庆元年的大清朝，大的外患虽未来袭，但内乱却是此起彼伏，苗疆之变尚未完全平息，鄂川陕三省的白莲教又揭竿而起，东南沿海的海盗愈益横行无忌……史学上所谓"乾嘉盛世"也正是在这个时期颓势初显。

理想与现实间的巨大反差何以形成？作为一部文史兼具的专著未必需要直面这样的追问，只要做到所谓尽量客观地直陈历史还原真相就不失为一部优秀之作。然而,《天有二日》则似乎并不仅仅满足于还原这段历史,而是在描摹历史真相的表象下暗藏着探究社会发展规律的沉思,而在我看来,这恰是《天有二日》最具价值的闪光点之所在,而更有意思的是:卜键笔下的这个闪光点又是在看似不经意间的落笔处闪烁发光。

《天有二日》从嘉庆元年正月初一(1796年2月9日)乾隆帝照例早起举行一年一度的"元旦开笔"落笔,在概括描述了所谓"元旦开笔"的来龙去脉以及本次"元旦开笔"的内容后,作者笔锋一转留下了如下文字:"此时,被史学家称为'伟大时代'的十八世纪正接近尾声,工业革命带给世界的巨变已然显现。"接下来,他一一罗列了法国、英国、俄罗斯和美国在这个时点上的状态后总结道:"此时距英国发动的第一次鸦片战争爆发还有约四十五年,欧美列强互相攻伐缠斗,尚无暇东顾,对清朝仍可称较好的战略机遇期。设若大清君臣变革图强、内外兼修,努力追赶西方列强的发展步伐,中国的历史、世界的近代史或将改写。"然"令人遗憾的是,禅让时期的清廷,不管是上皇还是皇上,包括枢阁重臣,基本上缺少全球视野,缺少对西方世界的深刻了解,也缺少应有的紧迫感和危机感。暮气常是与牛气相伴生的。大清君臣动辄以'天朝''天子'自居,不知或不愿正视世界格局的巨变,不知或不愿承认列强崛起与自身衰微，无视'天外有天'的事实"。

如此描述看似直白且有些突兀，但恰是这一突兀就构成了全书点睛的妙笔。其实乾嘉时期又何止是"无视'天外有天'的事实"，有时干脆就是直接地与世界背道而驰。还是这位乾隆爷在禅让的前八年即公元1788年就完成了一件"逆世"之大事：这一年，乾隆帝曾三下诏书征集的《四库全书》终于编纂完成，看起来，这是一项庞大的文化积累传承工程，而实质上则更是一次严酷的思想禁锢。尽管最终收入全书的典籍多达3470种，但历时十六年的编纂过程更是统治者以编书之名行禁书之实的一次文化剿杀，在这个过程中，被全毁的图书多达2453种，相当于《四库全书》篇幅的四分之三，被抽毁的有402种，相当于全书篇幅的八分之一，而在被收入的3470种中也有不少已遭严重删改。而同样是在1788年，远在大洋彼岸的美国开始实行宪法，分国会为上下两院，专司立法，总统为最高行政首脑，一任四年，由公民选举产生；第二年1789年，法国大革命爆发，颁布人权宣言。

在这样的世界大势面前，"天无二日"也罢，"天有二日"又如何？其结果无非都是曾经的GDP雄居全球之冠的大清朝与滚滚向前的世界大潮渐行渐远。从这个意义上说，于一国一社会而言，"天有×日"其实远不那么重要，致命的还在于经济基础、上层建筑以及两者间关系如何这些最基本的社会元素以及由这些元素间所形成的一种结构关系。《天有二日》虽未正面直陈社会发展的这些基本规律,但却在对那三年零三天"天有二日"历史的维妙维肖之描摹中无声地呈现出了这一点。这既是本书的价值之所在,也为我们今日正在为实现中华民族伟大复兴的"中国梦"而提供了有益的历史借鉴。

2017 年 5 月于北京

一双穿透硝烟的慧眼

看范稳的《重庆之眼》

一年多前就听说范稳在以重庆大轰炸为题材创作一部长篇小说,当时心里就有些犯嘀咕:这个选题的意义固然十分重大,特别是面对这场罪恶的制造者迄今为止一方面不仅拒绝直面历史、忏悔认罪,另一方面却对自己本土遭遇的"东京大轰炸"和"广岛长崎原子弹"喋喋不休的现实,我们更需要一部足以配得上"重庆大轰炸"这段悲惨历史的长篇小说。然而,令人深思的是:我不敢说具有如此重大意义的这个重大题材在新中国当代长篇小说的写作中始终缺失,但至少是缺乏与这个事件相匹配的重量级作品。这又是为什么?仅就写作角度而言,题材的重大与写作的难度在一定意义上往往呈现出一种正比关系。重庆大轰炸,顾名思义,无非是侵华日军一通又一通的狂轰滥炸,重庆城焦土一片、哀鸿遍野。若是全景式地反映重庆大轰炸，人物情节命运这些令小说出彩的要素如何自然融入的确需要考验作家的功力；若是足够凸显这些要素，要完成全景观照又不太易。在某种意义上也可以说，这样的题材用纪实体再现易用小说表现则相对难。现在范稳以此为题材创作的长篇小说《重庆之眼》已呈现在我们眼前，这种舍易求难、知难而上的选择其结果又会如何？

剑走偏锋！

范稳笔下的重庆大轰炸竟然是被裹挟在一段长达七十八年哀婉且动人的爱情故事中而淋漓尽致地被呈现了出来。作品以两位重要人物邓子儒与蔺佩瑶将要举行的婚礼被日寇于1939年5月3日这天对重庆城区首次进行的狂轰滥炸所扰黄而拉开序幕，而仅是邓家在这次大轰炸中就失去了十八条生命！紧接着，作品的另一位重要人物刘海随之登场，而他和蔺佩瑶才是那段长达七十八年爱情故事的主角儿。表面上看，邓子儒、蔺佩瑶和刘海在情感上构成了一种"三角"的畸形苦情关系，但在范稳的笔下，这种"三角"关系的处理虽"苦情"但的确又不"畸"，而恰是在这种"苦情"中，三位角儿人生命运的跌宕则差不多与重庆大轰炸紧紧地绑在了一起。

完全可以想象，如果没有日寇的入侵，没有重庆大轰炸，刘海与蔺佩瑶的"情感戏码"一定不是现在小说中的这个模样。郎才女貌的这对鸳鸯因其家庭地位的不匹配而被蔺父粗暴地棒打离散，这本不过只是封建社会那所谓"门当户对"传统戏码的再现。然而，是抗战改变了这一切，高三毕业的刘海报考了位于杭州笕桥的中央航空学校且被录取，国家亟需保卫自己天空的空军精英，这才使得蔺父放弃了杀心，刘海得以幸存。再往后，如果没有"重庆大轰炸"，蔺佩瑶就会出走"私奔"去找寻她一直以为不在人世了的刘海；如果没有后来一次又一次的重庆大轰炸，也就没有刘海（此时他已更名为刘云翔）与蔺佩瑶以及"邓蔺刘"的"三角"关系一次又一次的跌宕起伏；如果没有战后那些正义的民间人士为重庆大轰炸在日本发起的那场旷日持久的大诉讼，也就没有刘云翔在邓子儒病逝后陪伴蔺佩瑶走进法庭进行最后陈述这总算让人有些欣慰的一幕。

这当然不只是个人命运的跌宕，更是国家安危的折射。所谓"家国""家国"，没有国何以有家？"刘蔺邓"的"三角"构成难道不是这"家国"关系的最好诠释？战争看上去固然使国蒙羞，但更造成了多少无辜平民与家庭的蒙难！这就是范稳在《重庆之眼》中透过硝烟发出的控诉。

当然，在《重庆之眼》中，透过"重庆大轰炸"的硝烟，范稳还向我们展示了"刘蔺邓""三角"之外的重庆市井生活：

除了大轰炸，重庆还有龙舟赛、诗人节、话剧，还有那被分成了三六九等的防空洞，即一是政府部门的，一是有实力的商家和私人自家掏钱挖的，再有就是公共防空洞了。前两者有水有电有通风设备，但需要凭证件或洞主允许才能进去，你在里面开会、办公、打麻将、喝咖啡、跳舞都可以；而公共防空洞则狭小、阴暗、潮湿，且人多拥挤、嘈杂不堪、空气污浊。这样的市井气无声地透出了这样一种信息：这是一个打不垮炸不烂的民族！狂轰滥炸烧焦得了我的国土却毁不了我的意志与生活；这又是一个必须变革的国家，就连防空洞也要依钱依权而分成三六九等，这样的政权不垮才怪?！

人物、命运、重庆大轰炸的全景在范稳笔下一应俱全，《重庆之眼》不仅是一双透过硝烟的慧眼，更发出了今日中国人响亮的正义之声，那就是蔺佩瑶在法庭上用英语进行的那段最后陈述："法官先生，首先我要感谢法庭的仁慈和宽容，让我丈夫的遗像能够进入法庭参加旁听。他的在天之灵，正在等待你们公平、正义的判决。而在我右边的这个九十六岁的老翁，是我的初恋恋人，他也和我一起在等待。""七十八年前，相爱的时候，我十七岁，他十八岁……但战争来了，你们日本人舞刀弄枪，开着飞机来了。……战争改变了我们很多，就像我那时生活的城市，被你们的轰炸摧毁得面目全非、遍体鳞伤。但是我们的爱还在，如一朵花儿在废墟中傲然挺立。可日本人的飞机连这一点小小的浪漫也不容许它存在。""我只是要告诉你们，一个女人一生的爱，被你们的轰炸毁灭了！重庆大轰炸这一段血泪史，日本侵略中国的历史，你们可以刻意抹杀，假装忘记。但请记住：只要我们还活着，我们就是历史的证言；我们死去，证言留下。"

前事不忘，后事之师。儿女情、英雄气、江湖义、山河恸，家国事、民族心，《重庆之眼》就这样为我们再现了那段悲惨的往事，更敲响了呼唤和平与希望的钟声！

2017 年 6 月于北京

将军驰骋岂止在战场
看朱增泉的《朱增泉散文与随笔》

知道将军其名始于他的文字。还是在2003年那场为时只有四十天就以伊军全线溃败而结束的第二次伊拉克战争尚在进程中时，就在报刊上陆续读到《看懂新一代战争》《巴格达的陷落》《伊军之败》《萨达姆的雄心和悲剧》《悲情萨哈夫》等一组对这场战争进行追踪与分析的散文，反应速度之快虽不及电视直播，但分析之到位却是远超当时作为嘉宾出现在央视的那些个军事点评专家。于是我记住了这个名字——朱增泉。

认识将军其人则缘于我的一次"冒犯"。由于喜欢将军其文，于是在某年年底就擅自将将军的一篇散文收入了我为某出版社编选的一本"年度最佳随笔"中，不仅事先未征得将军授权同意，而且该书在生产过程中又出现了"虎头蛇尾"这样低级的技术错误自己还浑然不觉。直到有一天接到将军自报家门的电话时才深感"罪莫大焉",手足无措之际,大度的将军却并无任何指责,只是提醒该书如果重印别忘了改正过来。

再往后,和将军就成了"忘年交"。在我还是出版人期间,有幸出版了他洋洋五卷本的《战争史笔记》以及《朱增泉现代战争散文》。新近又收到了将军惠赐的分成历史、人物、战争和游记四卷的《朱增泉散文与随笔》,总计百余万字,更使得自己有机会完整地拜读了他的大部分创作,而读后率先在脑子里蹦出的就是本文标题上的那几个字——将军驰骋岂止在战场。

的确,1939年出生的朱增泉是地地道道的军人,二十岁入伍,从士兵到将军,五十余年的军旅生涯,参加过老山轮战,担任过某集团军政委、总装备部副政委等。不仅如此,这位在二十世纪九十年代就已被授予中将衔的朱增泉还是一位地地道道的自学成材者,读他的诗看他的文,无论是文字之讲究还是知识之宽广都的确很难想象这是出自一位仅有高小文化程度者之手,因此将军也时常戏称自己毕业于"早稻田"大学,这恐怕既得益于部队这座大熔炉的冶炼,更在于他长期孜孜不倦的自律与修炼。或许正是因为这样的经历,将军后半程的军旅生涯差不多就是职业军人与业余作家的混合体,也正是由于这种交集,在将军的散文随笔写作中,落笔处大抵非武即文、以武为主，文武之道浑然一体的特色格外显著：取材于武时彰显文道，取材于文时则英气盎然。

就我个人阅读喜好而言，更看重朱增泉有关战争与历史题材的散文与随笔。关于战争题材的散文随笔，将军的落笔基本上集中在第二次伊拉克战争和那场肇始于2011年的突尼斯而迄今尚未消停的被称为"茉莉花革命"的"阿拉伯之春"。其实说这两场"世界波"的人和文并不少，但将军说起来三个特点则又是他人所不具备的，即一是内行，当我们看到电视上的一些军事专家还在那里一脸懵懂地喃喃着"看不懂"时，将军却在那里条分缕析地一一道来，这就是将军的本色；二是视野，将军说战事，大都不限于一国一战，而是纵横捭阖上下腾挪，由一国之于一片，一战之于一略，这也是将军；三是晓畅，全是大白话，识字大抵就能读懂，这还是将军。而关于历史题材的散文随笔，大都选材于长达五千年华夏历史长河中的那些大起大落、大分大合的片段与节点，以及置身于这些个特定情境中的特定人物与特定事件，进而阐发若干今天仍需关注的历史规律。比如那篇《凭吊一处古战场》，虽落笔于现位于太行山麓井陉县境内的楚汉之争时那场著名的"背水一战"之发生地，实则重墨于那位军事天才韩信之一生，既展现了他在不同战役中的辉煌，更剖析了韩信从"一败请立齐王"到

"再败改封楚王"直至"三败长乐宫"这样一条如何用自己军事上的一连串胜利去换取政治上一连串失败的悲剧历程。而在这样一段历史进程中,不仅栩栩如生地再现了刘邦、韩信和萧何三位历史人物,更是将军事思维与政治思维之别给揭示得淋漓尽致。

其实又何止是战争与历史题材,将军笔下的人物与游记题材同样鲜明地体现出这种亦文亦武的个性特征。以"人物卷"所选各篇为例,除去开头几篇大抵与将军的工作和交往有关外,其余进入他视野的那些个人物,无论中外与古今,同样都是一些置身于重大历史节点与事件中的风云人物,同样是立意高远、叙述与思考相结合,既让读者了解其人风云跌宕之命运,更令人体味其命运背后的偶然与必然。《朱可夫雕像》一文便是其典型代表之一。既然以"雕像"为题,文章便围绕着三座青铜雕像展开,第一座位于莫斯科红场北端出口处外,朱可夫骑在马上,表现出一代骁将赢得战争走向和平的瞬间神态;第二座是在离莫斯科一千七百公里之外的乌拉尔军区司令部大楼前,这里是第二次世界大战结束后朱可夫的被贬之地,与红场处的那尊雕像相比,同样是一身戎装,同样是骑在马上,但人与马的姿势神态则充满了剧烈的动感,折射出一代名帅内心的躁动;第三座雕像则是在莫斯科俯首山卫国战争纪念馆内，元帅神情严肃而平静。三尊雕像大抵表现出朱可夫在三个不同历史时期个人的政治命运：这注定只能是战场上的一位胜利之神，而不可能成为和平岁月里的政治宠儿。朱可夫的命运仿佛在又一次证明：政治永远不可能成为可以在军人手中把玩的工具。如此立意我不禁要武断地说：这恐怕只能出自军人出身的朱增泉之笔下吧。

尽管将军自谦"对于写作，我只是一名'票友'"，但读毕朱增泉这百余万字的散文随笔，将军驰骋岂止在战场的形象挥之不去，将军文章岂能无军魂的印记更是深深地烙在心中。在编选完这四卷本的《朱增泉散文与随笔》后，将军又一次自谦地说："我自知老之将至，创作激情大减，整理这些零零碎碎的文字，大有'打扫战场，鸣金收兵'的意向。"而在和我的通信中，将军更是不无伤感地写道："我写不动了！"初闻斯言，我也不免受将军情绪之感染，但现在作为本文的结束，我想告诉将军的是：无论您是否继续写下去，中国当代散文随笔创作的历史上都会留下您浓墨重彩的这一笔！

2017 年 7 月于北京

命运，在战争中锤炼

看张翎的《劳燕》

九月三日，在中国人民抗日战争胜利纪念日之时，伏于案前就一部抗战题材的小说写些读书札记，一时竟有些不知从何落笔。

有人说：重大事件往往产生伟大或重要的作品，比如围绕着第二次世界大战，在前苏联就产生了鲍里斯·瓦西里耶夫的《这里的黎明静悄悄》和萧洛霍夫的《静静的顿河》等，在美国则产生了诸如赫尔曼·沃克的《战争风云》、威廉·夏伊勒的《第三帝国的兴亡》、约瑟夫·海勒的《第二十二条军规》和斯蒂芬·E. 安布罗斯的《兄弟连》……

又有人说：在同为第二次世界大战组成部分的东方战场，围绕着抗日战争这一重大事件迄今则尚未产生伟大的作品。

关于前一种说法，我想大家都不会产生异议；而关于第二种则至少会存有分歧。而在我看来，与其空论，莫如实实在在地关注与研究一下有关这方面题材的作品更为实在，比如张翎的长篇小说新作《劳燕》就提供了一个值得评析的文本，姑且不认是否伟大，但这至少是一部特色鲜明的有关抗战题材的长篇小说新作。

以"劳燕"为题，脑子里率先浮现的自然就是出现在《诗经》中那"东飞伯劳西飞燕，黄姑织女时相见"的意境，但作品中那生死的分离和只剩灵魂再聚首的结局既非"典故"中的"劳燕"所能企及又不是鸟儿的自然属性所导致，而导致这种结局的罪魁祸首就是日本军国主义对我们发起的那场血腥的侵略战争。这里的"劳燕"要么是阴阳两界的再聚首，要么是再聚首后的欲言还罢，终究还是个生死两茫茫。不仅有战争的残酷更有命运的抗争，这也正是《劳燕》成为一部具有鲜明特色的抗战题材长篇小说新作的理由之所在。而这种特色再具体点说至少表现在如下三个方面。

这是一部具有国际背景的抗战小说。以往我们读到的抗战小说，有的虽也有涉及国际化内容，但更多要么是就中国本土的抗战写抗战，要么则是孤立地写中国远征军的海外作战，这样一来，客观上多少有些形成了中国人民抗日战争与世界反法西斯战争相分离的效果，而《劳燕》的处理则显然别开生面。

作品不仅具有鲜明的国际背景,也是我们迄今为止首部涉及美国海军秘密援华使命的文学作品。用张翎自己的话说:"在一本由参与过秘密援华使命的美国退役海军军官书写的回忆录中,我偶然发现了玉壶的名字。我的心在那一瞬间停跳了几秒钟,我的震惊几乎无法用语言来描述。我完全没想到那个离温州市区只有一百三十公里、当年闭塞到几乎与世隔绝的地方,曾经和那场惨烈的抗战有过如此密切的联系——它是中美特种技术合作所第八训练营的所在地。"其实,又何止是张翎本人的"震惊几乎无法用语言来描述",我相信绝大多数读者也未必知道这段历史。《劳燕》就以这段尘封了多年的历史为背景,不仅厚植了作品的土壤,四位主人公也就自然地一一登场亮相,姚归燕、比利、伊恩·弗格森、刘兆虎,来自不同的国家,有着不同的身份,遭遇不同的命运,共同演绎出一场国际正义之士携手抗战的大戏。

这又是一部将战争的残酷与百姓的日子妥帖地融为一体的抗战小说。全书近三十万字,真正触碰到战争的文字并不是很多,但无论是刀光剑影还是岁月艰辛,读者感受到的都是入侵者的残暴和受害者的抗争。作品中唯一一次描写敌我两军正面对抗的行动就是美国教官伊恩和中美特种技术合作所第八训练营的十六名中国学员前去偷袭日军军需品仓库，行动虽然取得了成功，但中方也付出了学员鼻涕虫和军犬幽灵的生命。而更为令人动容的则是鼻涕虫那身首分离的遗体被运回后，姚归燕"小心翼翼地捧起他那颗已经和身子分了家的头颅，安放在自己的腿窝里"，"在漫长的犹豫和决绝之间，终于把那具支离破碎的尸身缝成了一个整体"的那段描写以及名优筱艳秋对鼻涕虫那独特的送别方式。仅此一战，有军有民，一方是有勇有谋，另一方有情有义，读来怦然心动。

这还是一部将人的命运紧紧嵌入了战争进程的小说。《劳燕》的叙事一开始就直接呈现出作品中所有主人公已然死去的事实，三位男性比利、伊恩·弗格森和刘兆虎先后以亡灵的形式相聚于一个叫"月湖"的地方，践行当年"生前别离，死后相聚"的约定，三人的话题几乎都是围绕着那个叫姚归燕的女性主人公展开，在比利眼中，她是天空中的星星斯塔拉；在伊恩·弗格森那里，她是大自然中的风温德；在刘兆虎那里，她是那个和自己命运缠绕一生的贵人"阿燕"。这些个不同的视角共同还原和补缀出一段前尘往事，再现出逼仄苦难的战争环境下各自命运的起伏跌宕。作品特别设置了1941年和1946年两个节点，而无论是哪个节点，四位人物的命运都因"二战"而被反转，牧师比利在战火中救助了被日军凌辱的中国女孩阿燕，由此陷入信仰与情义的心理鏖战；伊恩·弗格森因爱国而加入"美国海军中国事务团"，与少女温德由相识、相恋到相忘；刘兆虎，机缘巧合地成为特训营学员"635"，虽曾因流言与俗见背弃了与阿燕的婚约，但最终则与其相伴至死；姚归燕，在战乱中从一位被侮辱被伤害的乡村少女蜕变为坚毅独立的乡村医生。对此，张翎坦言自己"写战争并不是只为了写战争，我其实是想探索灾难把人性逼到角落的时候，人性会迸发出来什么样的东西，是在和平的时代里我们平时不曾见过的巨大的能量"。而能量这个抽象的玩意儿在文学作品中一个不错的转换办法就是设置人物命运的拨云反转了。

一般来说，我们读到过的能称之为优秀的战争小说，大抵都会打上两个鲜明的烙印：要么是形象真实地还原与再现战争全景图，要么是鲜活灵动地展示与凸显人物命运在战争中的各种巨变。两者当然各有其独特的存在价值，但客观地说，前者优秀的史书也差不多能达到同样的效果，而后者的独特功能则唯有优秀的文学作品方能抵达。打个不太确切的比方：前者更多的是入脑，直接给人以知识，后者更多的则是入心，在感动中产生潜移默化的效果。我无意在两者间进行孰高孰低的价值判断，而只是想说在不同的形式间，的确有一个不尽相同的功能发挥问题。也正是在这个意义上,作为长篇小说的《劳燕》的确是充分展示了自己的能力与才华。

2017 年 8 月于北京

生活诚如此　态度尤重要

看李娟的《记一忘二三》

李娟的散文以前曾断断续续地读过一些，很是喜欢作者那干净透亮的文字，这次又集中阅读了她新近出版的散文随笔集《记一忘二三》，依然是那种温暖、真实、平和、不饰雕琢和毫无功利的文字，依然是那些平凡的平淡的琐碎生活。读《记一忘二三》，我喜欢李娟散文的文字，但更欣赏她对待生活的那种态度。

书名取自宋代诗人黄庭坚的一首小诗："少时诵诗书，贯穿数万字。迩来窥陈编，记一忘三二。光阴如可玩，老境翻手至。良医曾折足，说病乃真意。"面上说的虽是读书，其寓意则更在于时光流逝中的那一"记"一"忘"，虽也琐碎日常，但何尝又不是面对生活的一种态度？

成为作家前李娟的生活经历用"丰富"这个中性的词来概

括当较为确切，而这些丰富的经历都成为她写作的资源与财富，如同她自己所言"我的写作全都围绕个人生活展开"。包括这本《记一忘二三》中所荟集的二十三记也不例外，大抵没有离开柴米油盐酱醋茶衣食住行之类，亲情、友情、工作、生活尽收笔底，妈妈外婆、牧民酒鬼孩童、牛羊马猫狗骆驼、河流森林狂风暴雪……皆入文章。

李娟年轻而丰富的生活经历中留下了这样的轨迹：几度辗转迁徙于冬季漫长而寒冷的北疆阿勒泰地区，干过小裁缝、开过小杂货店、到乌鲁木齐的流水线上打过工，至于靠写作为生过上相对平稳安逸的日子那都是近而立之年的事了。这样的生活经历许多普通人或许都不同程度地经历过，虽谈不上"困苦""潦倒"，但称其遭遇过艰辛、经历过磨难恐也还算恰如其分。然而，就是这样的日常生活在李娟笔下呈现出来的却是不见痛苦、潦倒、欺诈、孤独和哀叹，取而代之的则是更温暖、可爱、透亮、轻盈、幽默的文字与情绪，最多再加上一点自嘲而已。这里不妨以《扫雪记》为例略加评析便可见出李娟写作的这种特色：2010年，李娟和她的母亲从戈壁滩上的阿克哈拉村搬到了阿勒泰市郊一处足有五亩地大的院子居住，朋友们不约而同地质疑："这么大的地方，冬天怎么扫雪？"面对大家善意的提醒，李娟妈妈满不在乎地"嗤之：'老子活这么大什么样的雪没见过？'"结果到了这年冬天下第一场雪时，李娟妈"不得不真心地感慨：'别说，老子还真没见过这么大的雪！'"下第二场雪，李娟妈"又感慨：'除了上次那场雪，老子从没见过这么大的雪！'"到了第三场雪，李娟妈"继续感慨：'这是老子这辈子见过的第三场最大的雪！'"这段诙谐的文字通过对老太太的看雪"纪录刷新了三遍"的记载一下子将生存环境特别是母女俩在这样环境中生存的艰难给烘托了出来，然而，就是在这样的环境中，李娟呈现给读者的不是因环境而来的怨天尤人，而是充满了诙谐与幽默，比如，因扫雪难而"真想多找几个男朋友……帮忙扫雪"，因除屋顶雪的危险而想到"今后如果我自己要盖房子的话，就把屋顶坡度架得更陡，搞成哥特风，锥子一样尖，让雪自己往下滑"。如此这般于幽默和自嘲中将生存环境的艰难和自己面对这种环境的态度轻松地呈现出来。而诸如此类的文字在《记一忘二三》中可谓比比皆是：可爱的妈妈可爱的外婆可爱的牧民可爱的醉汉可爱的猫狗……进入读者视野的几乎都是满满的爱，生活竟然是如此的有滋有味。

或许也有读者在读到这样的文字后会立即发出"回避艰难"与"粉饰生活"一类的诘难，这也不足为奇。但我想说的是：李娟的文字虽温润，但对生活的确没有"回避"与"粉饰",还是以那篇《扫雪记》为例,虽然作者在全篇中充满了诙谐与幽默,但打个不太恰当的比方,这样的诙谐与幽默何尝又不是一种"苦恼人的笑",在它的背后我们难道看不出生存环境的艰苦与恶劣?再比如《风华记》中写曾经与自己合租小屋的室友风华,"每天带一只老干妈的玻璃瓶上班,里面灌着头天晚上煮的稀饭,稀饭里泡两根榨菜,算是午餐"。写那时的自己"坐不起公交,也吃不起午饭。有几次她(指风华)轮休时便在家做了饭给我打包送来。几乎都是西红柿炒鸡蛋。我之前不喜欢吃这种菜,之后也不喜欢。但就在当时,喜欢得要死"。如此写实,怎么都和"回避"与"粉饰"沾不上边吧?

李娟的散文随笔平白如话,没什么伏笔也不见什么隐喻,因此,最直接的观感大约只能是两点,即一是生活的不易,二是面对不易生活作者的姿态。本文标题之所以为"生活诚如此,态度尤重要"就是对此有感而发,前文所言"我喜欢李娟散文的文字,但更欣赏她对待生活的那种态度"也是由此而来。的确,李娟成名前的生活虽谈不上"困苦"与"潦倒",但也遭遇过艰辛、经历过磨难。面对艰辛与磨难,是怨天尤人还是乐观进取完全是两种不同的人生态度,李娟的文字显然是选择了后者。还是在《风华记》中,李娟留下了这样的文字:"她似乎是我永远的一个依靠。她最坚强。我能记得她那么多的事，她受过的那么多的苦，她的那么多的绝望。她自己都忘了我还能记得。当我软弱无力的时候，想想她，便感到光明。人活在世上，无非坚持罢了。"好一个"人活在世上，无非坚持罢了"，问题是能认识到这点不易，能认真地做到这点更不易，李娟的散文随笔就是在对大量琐碎的日常生活描写中，亦庄亦谐地既不回避生活的艰辛，更展示出一种励志的人生态度，这总比那种长吁短叹、顾影自怜的消极人生要好得多吧？

伟大的俄罗斯诗人普希金曾经留下这样脍炙人口的千古绝唱："假如生活欺骗了你，不要悲伤，不要心急！忧郁的日子里需要镇静；相信吧，快乐的日子将会来临！"奇怪的是：日常生活中的不少人可以赞美普希金诗句的美妙，却无法在身临其境时像诗人所期待的那样"不要悲伤，不要性急"，现在李娟又用自己平实无华的文字重复着同样的道理，人们能否从中有所获益呢？

2017 年 9 月于北京

为渐渐老去的人们点亮一盏灯

看周大新的《天黑得很慢》

故事发生在夏天,夏天的天黑得很慢;尽管慢,它也还是会黑;

人渐渐终老的时光就如同这夏日的黄昏,虽然也有个过程,但终究还是要老去;

天黑了,我们要亮灯;人老了,谁又来为他们亮灯?

周大新在 2018 开年之际为文坛献出的新长篇《天黑得很慢》就不啻是为老人们点亮的一盏明灯,更是为吁请全社会关注老年这个日趋庞大的社会群体而谱写的一曲咏叹调。

《天黑得很慢》用一种仿纪实性的文体展开叙述。场景安排在一个名叫万寿公园的地方,在一个夏季的一周时间里,这里每个黄昏都要举行一场以养老为主题的纳凉聚会。前四个黄昏分别由来自不同机构、不同专业的人士向前来纳凉的老人们或推销养老机构、长寿保健药丸，或展示返老还青的虚拟体验，或讲授人类未来的寿限，而这四个黄昏在整体小说中所占用的篇幅都不长，加起来也不过只是占到这部作品总长度的十分之一多一点。尽管只有这么点篇幅，而且我们也无从断定其中介绍的那些个产品的真伪和知识的确切与否，但又不得不承认这恰是当下中国老年社会生态的一幅微缩景观与逼真写照。在这些个看似关爱老年人的公益活动中，虽不能简单地一言以斥之，但不可否认的是其中又有多少的藏污纳垢和"孔方兄"的驱动，我们在媒体上、在广告中看到了太多这样的诱惑，读到了太多的老年人在这些诱惑下上当受骗的报道，而这些悲剧故事大都是发生在这些个场景中。因此，周大新在自己的长篇新作开篇，寥寥几笔就充满痛感地勾勒出一幅当下中国老年的社会生态图，着实是一个充满寓意的开场，为自己后面文学化的施展埋下了一个符合逻辑的伏笔。

在接下来三天的黄昏纳凉中，出场的讲述者变成了同一人，那就是从事家庭陪护的女青年钟小漾。通过她自述陪伴护理一位名叫萧成杉的退休法官之经历，惟妙惟肖地展示了中国老年人不甘老去、不得不老去而又不时陷于无奈且无助的那种复杂的心路历程和生活境遇。如果说前四天的黄昏是"新闻发布"式的"快闪"，那么后三天的纳凉则进入了周大新的文学专业频道。坦率地说,以小漾这种"一个人的讲述"展开叙事一不小心就会陷入单调的囹圄,但周大新却在这里展现出自己不凡的文学功力:论节奏看似比前四天慢了许多,但传递出的信息量一点也不亚于前四天;论人物,萧成杉和女儿馨馨及陪护小漾三个主要人物都被刻画得栩栩如生主次分明,尽管馨馨与小漾也都各有自己的不幸,这倒是应验了托尔斯泰的那句名言"幸福的家庭都是相似的,不幸的家庭各有各的不幸",但焦点则始终并未因此而散去;论意味,我们在作品中感受到了太多的诸如萧成杉渴望重组家庭而不得、面对老年痴呆袭来时万般无奈之类的生活痛感,也体会到了诸如为撮合萧成杉和姬姨重组家庭时馨馨与小漾煞费苦心之类的人文关怀。而在这样的丰富性中,以萧成杉为代表的那种老年人的孤独、再婚、病痛之类的共性困境又始终都是作品的重头戏。

　　正是这前四天的"快闪"和后三天的"慢板"自然衔接在一起共同组成了这部长篇的结构样式,这样一种相对开放与有限封闭的结合,既拓展了相关空间,又集中凸显了关心老人、关注老龄化社会这个大主题。这个社会问题不仅是中国的,也是当下全球面临的重大挑战。

　　按照联合国的传统标准,一个地区六十岁以上的老人达到总人口的10%，新标准则调整为六十五岁老人占总人口的7%，该地区则被视为进入老龄化社会。1990—2020年世界老龄人口平均年增速度为2.5%，同期我国老龄人口的递增速度则为3.3%，世界老龄人口占总人口的比重从1995年的6.6%上升至2020年9.3%，同期我国则由6.1%上升至11.5%。因此，无论从增速还是比重，我国都超过了世界老龄化的进程。到2020年我国六十五岁以上老龄人口将达1.67亿人，约占全世界6.98亿老龄人口的24%，全世界每四个老年人中就有一个是中国老年人。据我国有关部门发布：截至2014年，我国六十岁以上老年人口已达2.1亿，占总人口的比例为15.5%，在这2.1亿的人群里又有将近4000万人是失能、半失能的老人，而到2035年，老年人口将达到4亿人，失能、半失能的老人数量会进一步增多。

显然，《天黑得很慢》所涉及的题材与主题既是中国的，也是国际化的，事涉老龄化同时也是重大的。面对这样一种题材与主题，既考验作家的才情更展现作家的情怀。在我的阅读记忆中，如此集中而鲜明地以老龄社会为题材表现老龄化的社会主题，周大新的这部《天黑得很慢》即使不是开创者至少也是开拓者，无论就所涉足的题材还是就长篇小说写作本身而言，《天黑得很慢》既是周大新个人写作十分重要的新开拓与新成就，同时也为整个长篇小说的写作提供了许多新的话题与新的因子，是 2018 年开年非常有分量、十分有特点的重要长篇小说之一。

2018 年 1 月于北京

真学问是这样做出来的

看陈尚君的《星垂平野阔》

去年岁末去沪参加复旦中文学科百年庆典活动时,陈尚君先生赐我一本他的新作《星垂平野阔》。坦率地说,这位现任唐代文学会会长、且尤以致力于唐一代文史基本文献之甄别、研究与建设而驰名的著名学者所涉之研究范围于本人而言是十分陌生的。按常理,面对这些自己完全外行的领域,我的确没有为之写下点什么文字的底气。

然而,本人现在的确就是在不按常理出牌。不仅认真地拜读了全书,而且还不知天高地厚地要围绕本书写下这则拙文。如此反常,既有出自"私情"的一面,更是因为有些肤浅的感慨不吐不快。

所谓"私情",不过是尚君先生研究生毕业后的首个正式工作岗位就是我在大学本科时期后半程的指导员,并因此而结下了我们之间三十七年的师生情。《星垂平野阔》既系拜老师所赐，为学生者没有不读之理；至于所谓"有些肤浅的感慨"则且看下文慢慢道来。

作为十年浩劫后首批经过考试入学、且又是师从著名大学者朱东润先生的尚君师刚出任我们班的指导员时，头上还是颇有些光环效应的。但于我而言，这种光环很快就消失殆尽了，其原因就在于这位以唐宋文学研究为专业的青年老师在我们面前实在太爱"炫耀"自己的考据功了，每周到班上来，没几句话就开始喜气洋洋地絮叨自己又从哪里哪里发现了一首被散轶或被错认的唐诗，从某处某处又查到了一条张三或李四某年某年身在何处何处的佐证。要知道，在那个刚刚开放不久百废待兴的年代，对我这个涉世不深兴趣又多在当代的青年人而言，更有魅力者无疑是那些扑面而来应接不暇的各种"新"思潮"新"学说，而面对如此"炫耀""呆板"的考据本事实在只能留下一个"迂"的印象。

今天回过头来看，正是这种专著的"迂"成就了尚君师的学术成就，尚君师之可贵不仅恰在于这种专著的"迂"，更在于他的"迂而不腐"。随着时间的推移，尚君师之"迂"更是修成了集专注、拙朴、开放与融合为一体的混合体。为此，我曾私下里专门请教过尚君师的同行，这位同行真诚地告诉我：

尚君师之治学不仅以扎实的史料考据实证为基础，更可贵的还在于一是文史兼修，不为学科所囿；二是新旧并重，不限于传世文献，不盲目追逐新见资料。就此，我不妨冒昧地将其概括成一句：尚君师治学方法拙朴、思维现代、视野国际。

还是回到这本《星垂平野阔》。这部论文集以写尚君师之导师朱东润先生与师祖等几篇为上编，其他几篇有关前辈学者之文字为下编，另有几篇书评随笔为附录。在这二十余篇论文中，所涉学者及研究范围各不相同，但一一研读下来，不难发现尚君师治学之上述特征则是不约而同地呈现在不同篇什之中。以《朱东润先生研治中国文学批评史的历程》一文为例，全文共分九个部分，其中第一部分以时间为序概述了朱先生自己保存的中国文学批评史讲义及手稿六个版本之基本情况，第二至第八部分分述以上六个版本各自的基本状况及相互间异同，第九部分则在以上分述比较的基础上概括地提出了四点可供讨论的话题。如果将此文与收入本论文集中的《〈中国文学批评史大纲〉（校补本）整理说明》《修补战火烧残的学术》和《〈大纲〉校补本的新内容》等与此内容相关的三篇论文联起来读，当更可见出尚君师治学之特点，即便是介绍自己先生的一部旧作，依然是一丝不苟不厌其烦地将诸个版本逐一比较后再进行陈述，而读者正是在这个过程中清晰地了解到朱先生这部著述成书过程所受到的主观的客观的诸因素之影响。

仅此一例或许尚不足以典型地反映尚君师的治学之道，但说白了，这就是学问，这才是做学问；在这背后，则是方法的拙朴、思维的现代和视野的国际。说到这些，当下不少人或许更青睐于思维的现代和视野的国际，这当然并不为过，但殊不知的是：方法的拙朴更是治学的基础。于做学问而言，如果没有那一点执着的"迂"劲儿，就谈不上"做"，更遑论有什么真正的学问可言。遗憾的是，现如今，有如此"迂"劲儿的执着者日渐稀有，而企望走捷径登龙门者渐多，这才是令人忧虑的。

"板凳硬坐十年冷，文章不写半句空"，曾经是一代又一代学人所追求的刻苦研读、严谨治学的一种境界，令人忧虑的是这样一种境界现如今在各种急功近利的诱惑之下正在日渐被消解、被侵蚀。而在当下这个互联网时代，又有种种似是而非的所谓"知识服务"之说披着高科技的外衣同样在为瓦解严谨的治学之道而助力。坦率地说，每当看到是个人都可以在那里煞有介事地嚷嚷着"碎片化""挖掘知识点""进行知识标引""提供知识服务"一类的时髦词儿时，愚钝如我者则不免暗自嘀咕：这活儿难道是谁都能干的吗？没有足够的相关学科专业背景，这"碎片化"从何入手？这"知识点"又从何发现？那"标引"该落在何处？那"服务"又如何提供？就众声喧哗中所罗列的那些所谓成功的"知识服务"产品而言，究竟有多少真的是互联网时代、数据化时代的"知识服务"呢？无非是读读屏听听文再包装上所谓"大数据"的华丽外衣来个自诩的"精准推送"而已。

需要声明的是：我虽本非做学问者，但也绝不至于"迂"到一味反对"碎片化""挖掘知识点""进行知识标引""提供知识服务"之类的新鲜事儿。我主张的所谓"挖掘知识点""进行知识标引""提供知识服务"既不是谁都可以干的活儿，也不是单一的所谓高科技、互联网和数据化所能承担的，"专业人做专业事"这个颠扑不破的理儿在这里同样适用，如果说有什么不同的话，那就是这个"专业人"在当下更可能不再是某个单一的个体而是复合体；我要强调的是所谓"提供知识服务"固然有做学问的成分，但绝对代替不了做学问本身，如果服务得专业，也确能为扎实做学问者提供某种工具、提升一定效率，如此而已。

再回到尚君师的这本《星垂平野阔》，尽管这部论文集可能还算不上顶级的做学问，但即便如此，也绝不是所谓"知识服务"所能担当。学术就是学术，做学问终究是做学问，科技的发展可能为之提供工具、提升效率,但终究代替不了做学问本身。本人之所以不按常理出牌,就《星垂平野阔》写下以上这些肤浅的感慨,无非只是在不合时宜地呐喊一声:

真学问是这样做出来的!

2018 年 2 月于北京

创意的贫瘠

看"重复出版"

杰出的写作需要创造，优秀的出版需要发现与选择，两者虽各自位于一条产业链的不同节点，但在追求"创意"这一点上则是殊途同归。

今日单表出版，且是两种毫无创意的重复出版现象。

先说文学出版。

且不说文学出版有数量缺质量、有高原缺高峰的现象依然较为突出，而更令人不屑的则还要数那公然大行于市的重复出版。据刚刚过去的 2017 年 CIP 数据统计，在涉及重复出版的文学、哲学、军事、历史、古汉语启蒙、生物和林业等七大门类的选题中，文学类重复出版率之高荣登榜首，共计四千余种，占整个年度文学类选题的 8.54%，这不能谓之小，而在这些重复出版的文学选题中，集中度还相当高，可谓"英雄"所见略同矣。《西游记》《水浒传》《红楼梦》和《三国演义》这中国古典四大名著位居前四,每种的重复版本均超过了一百三十种;接下来《安徒生童话》《海底两万里》和《骆驼祥子》等中外名著的重复版本都跨过百种门槛;《钢铁是怎样炼成的》《老人与海》《朝花夕拾》和《呼兰河传》等二十四种名著的重复版本则分别在五十至一百种之间。简单罗列过这样的"业绩"后,就不难发现其中的三大"秘诀":一是进入公版的外国文学名著占比最高,在四千余种重复选题中,这类选题已逼近三千种,占比64.57%;二是进入公版的中国原创名著也不少,像老舍先生的作品2016年才进入公版,结果一年后就是一堆"祥子"扎着堆儿骑着"骆驼"接踵而至,甚为壮观;三是七百多种文学名著的重复出版者都不约而同地被贴上了"新课标"的标签。

"秘诀"一旦被破译,"馅"也就露了出来。看上去,这些重复出版者也有自己的选择与发现,但其标准绝非创意,不过就是两个"傍"字而已:"傍"完大牌"傍"大款。公版中外文学名著者为大牌,"新课标"一类为大款。

需要特别指出的是:以上数据还仅仅只是2017这一年的不完全统计,如果将时间这个维度再放宽延长一些,那场面则更加"壮观"。或许有人会理直气壮地说:既然这些被重复出版者都是中外文学名著，那版本多一点又有什么坏处？在市场经济时代，这也是一种竞争。好一个堂而皇之的理由！不客气地说：且不说持此论者有什么其他动机，至少他们压根就不懂版本、不懂文学。先说中国古典文学名著，句读、标引、注释这些古籍整理的基本功如何直接决定了某种版本的优劣，以我曾经供职过的人民文学出版社为例，他们曾经先后出版了《红楼梦》的三个版本，其主持整理者分别是俞平伯先生、启功先生和冯其庸先生，写下这三位先生的大名，还要就其版本多说半句则无异于饶舌了。再说外国文学名著，懂外语与文学翻译基本上是两码事儿，即使勉强凑合着译出来，其质量一定可以想象。举个简单的例子，二十世纪九十年代曾风靡一时的畅销书《廊桥遗梦》，这是我国大陆地区的译名，而港台地区的书名则谓之《麦迪逊的桥》，意思虽不能说错，但从文学角度看高下之别当不言而喻。话说到这里，那些重复出版产品之品质我虽不至于简单到一概否认，但大部分的背后就是一个字：攒。如此这般，到底是参与竞争还是扰乱市场？究竟是一种繁荣还是一种乱象？我只想说，对出版而言，以简单的数量为所谓繁荣之依据是何等的幼稚和无知。

再说号称所谓"国学"与"中国传统文化"的出版。

近年来，这类出版的重复现象之严重大有直追文学出版之势。单是一本《论语》就有超过五百种以上的不同版本，除此之外，《道德经》《周易》《庄子》《鬼谷子》《菜根谭》《三字经》《弟子归》《千字文》等中国古代哲学典籍或所谓"蒙学"一类的读物其重复版本也都为数不少，而秀出的包装牌则不外乎"全本""注释本""诵读本""白话本"那么几张，且一律贴上了"传播国学""弘扬中华传统优秀文化"之类"高大上"的标签，还美其名曰是为了落实中共中央办公厅、国务院办公厅印发的《关于实施中华优秀传统文化传承发展工程的意见》。如此这般，仿佛就为这类低劣的重复出版现象披上了一件华丽的马甲。

这绝对是莫大的偷换概念。这些东西确是中华传统文化不错，但中华传统文化与中华**优秀**传统文化间绝不能这样划等号，与我们今天需要弘扬的**中华优秀传统文化**更不是一码事儿。党的十八大以来，习近平总书记多次明确论述了中华**优秀**传统文化的思想内涵、道德精髓、现代价值和传承理念。在其传承途径上，总书记更是特别强调"**对历史文化特别是先人传承下来的道德规范，要坚持古为今用、以古鉴今，坚持有鉴别的对待、有扬弃的继承**"，努力实现传统文化的"**创造性转化、创新性发展**"，使之"**在继承中发展，在发展中继承**"，并"与现实文化相融相通，共同服务以文化人的时代任务"。"两办意见"就是对如何落实总书记上述重要指示的具体部署。

面对总书记如此明确的重要指示,特别是面对"创造性转化、创新性发展"这样的"双创"要求,如何评价以上所列举之所谓"国学"与"中华传统文化"之类的重复出版现象,实在就没有任何再费笔墨的必要了。

面对文学类还是所谓"国学"与"中华传统文化"类严重的重复出版现象,笔者无意妄议其隐藏在操刀者背后的驱动力,而只是想说,出版虽不是写作,但选择与发现本身同样也是一种创造、一种创意,这才是出版赖以存在与发展的意义与价值。一旦离开了这"双创",作为个体的出版者毫无出息可言,作为产业的出版界其结局绝不止于自取其辱,更是自取其没!

2018 年 3 月于北京

平凹"三搏"
看贾平凹的《山本》

贾平凹又出新长篇了,屈指算来这是他已经面世的第十六部长篇小说,特别是近十年来,他差不多每两年就要推出一部新的长篇,如此高产能且不说同龄人,即便是更加年富力强者也大多望尘莫及。

不仅产能高,更难能可贵的还在于这些个产能都不"过剩",往最保守里说,在长达四十余年的创作生涯中,十六部长篇虽各有千秋,但始终都在一个高刻度的水准线之上,且无不标上了贾氏作品所特有的识别度,能做到这一点其实是非常不易的。平凹的长篇小说写作所涉题材或大或小,时间跨度或长或短,但拼接起来,大抵就是一部从二十世纪初一直到当下中国现当代历史的文学呈现,在这一百多年的时间里,重大的社会变迁与发展、重要的历史事件与走向,重磅的社会问题与现象，都会在他的作品中得以形象地再现。贾平凹写作的取材离不开故土，新作《山本》更是走进了贾平凹心中那座"最伟大的山"——"一条龙脉，横亘在那里，提携了黄河长江，统领了北方南方，这就是秦岭，中国最伟大的山"。

说到《山本》，贾平凹直言："为秦岭写些东西是我一直的欲望，初时兴趣于秦岭的植物和动物，后来改变写作内容是为发生在二三十年代秦岭里的那些各等人物的故事所诱惑，写人更有意义。"这部长篇小说聚焦的是二十世纪二三十年代的社会生活，那时候的中国恰是一个社会急剧动荡、军阀混战、民不聊生、"墙头变幻大王旗"的乱世。带着这种历史教育留给我们的印记来读《山本》，一种奇特的阅读感受油然而生：作品营造出的整体氛围与我们从历史教育中所获得的上述印记固然十分吻合，但文本所呈现出来的种种又使得上述印记鲜活灵动起来。明明就是那个时代的社会写真，但历史教科书上所记载的那个时代里的那些个叱咤风云的人与事在《山本》中又是那般的影影绰绰、似真似幻。

为什么会这样？秘诀有三招，这就是本文标题所说的"平凹'三搏'"。

第一招：以小搏大。《山本》的故事基本围绕着一个名叫涡镇的地方和其周边展开，它虽身处秦岭深处，有大山为屏，在有为青年井宗秀保护神一般的统领下，也有过一时的昌盛令八方艳羡，但最终还是依然无法长久享受世外桃源般的宁静，在外有土匪山贼、闹红的秦岭游击队、政府军与保安队等多股力量的交织缠斗中，看似固若金汤的小镇同样难逃不保之劫运。从中国政权的分层看，镇子就是处于最底层的社会细胞，顺着涡镇往上缕，在它之上是平川县，平川县之上是商洛地区，商洛地区之上是秦岭，而秦岭则"提携了黄河长江，统领了北方南方"。说白了，《山本》中的秦岭就是整个中国的象征，涡镇的跌宕就是整个中国社会风云际会的浓缩。看上去不过只是小镇的覆没，实则为那个时代中国的沉沦，此乃平凹之一"搏"。

第二招：以平搏仄。二十世纪二三十年代的中国本是一个跌宕起伏、急剧变迁的时代，但贯穿《山本》的整体叙事却始终是一种平实舒缓的节奏，整个阅读过程鲜有"心潮逐浪高"般的澎湃，无论是非常血腥的暴力与死亡还是十分温馨的相悦与爱情概莫能外。在那个腥风血雨的年代，暴力与死亡自不稀罕，《山本》中关于死亡的场景也不少：比如三猫的整个行刑就是一个从头到足的完整的剥皮过程，比如邢瞎子的行刑，这些惨不忍睹的场景在贾平凹笔下竟是那般的不动声色。暴力与死亡的处理如此，相悦与爱情也不例外，作品中的女主人公陆菊人带着被风水先生视为宝地的三分地嫁到涡镇，但这三分宝地却阴差阳错地被公公送给了家庭遭遇横祸的井宗秀用作安葬父亲的坟地，于是，在善良贤慧的陆菊人与聪颖俊逸的井宗秀之间便开始了那段相互凝望、相互依存又相互克制的情感缠绕，他们从相见伊始，彼此便心心相印，在对方的心目中占有最重要的位置。这样一段刻骨铭心的爱情本可以写得动天地泣鬼神，但贾平凹却偏要"发乎情止乎礼"，尽管如此，这段男女间连手都没碰过的爱情竟然也令人怦然心悸。此乃平凹之二"搏"。

第三招：以文搏史。《山本》的构思始于三年前，那一年，贾平凹陷入了纠结中，面对庞杂的素材，他不知如何处理。这些素材如何进入小说，历史又怎样成为文学？然而，无论如何纠结，有一点贾平凹很清醒，那就是"写作有写作者的智慧"。也正是这一点清醒战胜了纠结，于是我们在《山本》中就看到了贾平凹放出的以文搏史大招。如前所述，二十世纪二三十年代中国的"那年月是战乱着，如果中国是瓷器，是一地瓷的碎片年代。大的战争在秦岭之北之南错综复杂地爆发，各种硝烟都吹进了秦岭，秦岭里就有了那么多的飞禽奔兽，那么多的魍魉魑魅，一尽着中国人的世事，完全着中国文化的表演"。读《山本》，我们固然能够从作品的整体氛围中感受到这一点，但作品给我们留下强烈印象的则是更浓郁的文学与文化，是发生在那名为涡的小镇上的日常生活：那里的苍天与大地、百姓与自然、生存与死亡……面对历史，这是一种典型的文学呈现方式，避作家写史之短，扬作家为文之长，通过人物、细节、事件和场景，不是历史胜似历史，重在对历史的本质与深度的挖掘，此乃平凹之三"搏"。

"写作有写作者的智慧"，看似有些木讷的贾平凹自有贾平凹的智慧，四十余年十六部长篇小说的呈现便是他智慧的结晶，很难在这十六部长篇小说中分出伯仲，但《山本》无疑是其中特色尤为突出之一种。因为职业的缘由，贾平凹近十年创作的从《古炉》到《带灯》《老生》《极花》和《山本》这五部长篇与我多少都有些关系，至少都是早期阅读者之一。坦率地说，每次读到贾平凹的新作，都会有些"想不到"之感，或是取材的"想不到"，或是表现的"想不到"。因此，实在"想不到"他的下一部新作会是啥样？不过有一点可以"想得到"的是：贾平凹肯定还会令读者有新的"想不到"，也正因为此，我们有理由对贾平凹充满期待。

2018年5月于北京

"候鸟"来了

看迟子建的《候鸟的勇敢》

早来的春风用自己温热的红唇,深情而热烈地亲吻着那条被冰雪尘封了一冬的金瓮河,七八天后,这位地处极北的孤傲冷美人终于脱去冰雪的衣冠,敞开胸怀接纳着候鸟的回归……在这般如诗如画的场景中,迟子建为读者从容而舒缓地奏响了一支"候鸟奏鸣曲",这就是她的新作《候鸟的勇敢》,也是我近期读到的难得的集优美叙事和饱满内涵于一体的中篇佳作。

既然以"候鸟"为名,这首奏鸣曲的"引子"毫无疑问就是当仁不让的候鸟。这一年的金瓮河比往年早开了一周,清明一过便是连日的暖阳高照,在金瓮河的波光中,最早迎来了六只绿头鸭;再往后,布谷鸟、鹌鹑和夜莺也回来了……它们都是金瓮河的常客。要说这一年与过往有什么不同的话,那就是新添了一个品种：一种名叫东方白鹳的夏候鸟，白身黑翅，上翘的黑嘴巴，纤细的腿和脚是红色的，亭亭玉立，就像穿着红舞鞋的公主，清新脱俗，作品中讲述的那个勇敢而悲情的候鸟故事就发生在它们中间。这些个候鸟在金瓮河畔觅食、嬉戏、繁衍，伴之而来的还有弱肉强食的生存法则和那些不绝的偷猎者们对其生命的威胁。于是，在这一乐章中呈现出一种时而舒缓、时而欢乐，时而急促、时而悲怆的节奏。

既然是奏鸣曲，除去"引子"，"主题部"自是必不可少的。大多有候鸟生存的地方，就有人群与之相伴。细分一下，在金瓮河周边的人群大致由如下三部分构成：一是专事服务于候鸟的金瓮河候鸟自然管护站工作人员周铁牙和张黑脸；二是为丰富这个旅游资源而配套建设的松雪庵中的三位尼姑；三是金瓮河所处的瓦城市，而在瓦城市这个辖区内，既有生于斯长于斯的"原住民"，又有近些年来伴随着"候鸟"而新生出的"候鸟人"一族。正是这三类既相对独立又互相关联的"族群"所演绎出的不同声部使得这首奏鸣曲的"主题部"呈现出一种丰富的复调。

周铁鸭和张黑脸身为金瓮河候鸟自然管护站仅有的两名工作人员，前者是利用工作职务之便趁机敛财、为个人谋取或金钱或权势的代表；后者憨厚老实，看上去虽有些木讷呆笨，但骨子里却是勤劳善良、特别是与候鸟仿佛有着天然亲近感的使者。而生活在瓦城市这座小城内的芸芸众生其表现则更是婀娜多姿，因其有了金瓮河畔的候鸟，小城中的众生也就由过去"原住民"与"外来户"的分野演变成了当下的"候鸟人"与"留鸟人"（或曰"留守人"）两大"群落"。先说"候鸟人"。候鸟的迁徙行为始于何时迄今尚无定论，但"候鸟人"这个说法的兴起在我们国家则肯定是近些年经济发达起来之后的事了。夏季回到瓦城的"候鸟人"同样也是由本地人和外来者两部分组成，其中外来者多为生活在南方各火炉之地的老年人或自由职业者，他们生活上相对富裕，但又很少在瓦城买房，以住旅店和租房为主；至于能够在冬季避开零下三四十度的严寒去南方沐浴温暖阳光和花香的瓦城人当然是既要有钱还得有闲。瓦城百姓普遍认为，这其中确有一部分是凭真本事、靠自己血汗挣来的钱，另一部分则是发种种不义之财而暴富者，包括周铁牙之流。再说"留鸟人"。这些瓦城的原住民们，他们虽然要在这块土地上苦苦熬过漫长的严冬，但这里的饺子店、粮食铺、小发廊……简陋中依然夹带着浓浓的人间烟火，而且这些"留鸟人"在某种意义上也多少分享着"候鸟人"的"赐予"：诸如将自己的房子改造为"民宿"一类供"候鸟人"夏季租用以及这个族群对小城消费的拉动。最后还有松雪庵中的三位姑子：虔诚的、避风的和被迫的，倒也是不失为一种世相的写真了。

优雅的"引子"与复调式的"主题部"叠加，使得这支奏鸣曲格外的饱满，从自然生态引伸出社会生态，共同构成了一个丰富的当下世态。

有评论说：透过《候鸟的勇敢》，读出的是一份苍凉，这感觉肯定没错。单是那零下三四十度的漫漫长夜，不苍凉才怪！还有那年复一年漫长冬日里人去城空后的寂静，也是一份苍凉。更有作品结尾时的那场景：那双最终还是没有逃出命运暴风雪的东方白鹳，它们翅膀贴着翅膀、在雪中相拥长眠；迷失于归途中的张黑脸和德秀师父望不见北斗星，更没有哪一处人间灯火可做他们的路标……更是一份苍凉！但我需要补充的是：在阅读《候鸟的勇敢》的过程中，除去那种挥之不去的苍凉感之外，伴随始终的也还被一份温暖与希望所萦绕。

曾几何时，我们不时在各种媒体上得到的信息是：哪里哪里的湿地枯竭，曾经夏来冬往的候鸟景观不复呈现。而《候鸟的勇敢》却告诉我们，至少这里的候鸟群不仅依然往返于斯，而且还在增添新的品种，无论这片湿地是一直存在还是重新复活，这就是希望，是我们自然生态或存活或复苏的希望。至于那些个与候鸟行踪息息相关的"候鸟人",虽然他们中的不少人是因不义之财而发达,但换个角度看,在那个曾经共同贫困的时代,即使发不义之财又谈何容易?当然,发不义之财者终归会遭到法律的制裁,但在"候鸟人"成群出现背后的本质则无疑是折射出那个曾经共同贫困的时代正在成为历史,这同样也是一种希望。

《候鸟的勇敢》中那双东方白鹳的爱情故事的结局固然苍凉,但在故事的进程中,张黑脸做好了为那只受伤的雄性白鹳而留守管护站过冬的准备;那只雌性白鹳将孩子们顺利送上迁徙之旅后毅然回到了受伤的爱侣身旁;张黑脸和德秀师父为了那双失去呼吸的东方白鹳不被乌鸦和老鹰吃掉,顶风冒雪,用自己的十指从中午一直挖到傍晚为它们挖成了墓穴,"当他们抬白鹳入坑时,那十指流出的鲜血,滴到它们身上,白羽仿佛落了梅花,它们就带着这鲜艳的殓衣,归于尘土了"……还有还有……一连串的细节萦绕着苍凉,莫不透出绵绵的温暖。

从自然生态到社会生态,从苍凉到温暖与希望,迟子建用自己迄今为止篇幅最长的这部中篇小说艺术而饱满地呈现出这一切。是巧合还是宿命?这部作品的初稿完工时恰值深秋,差不多也是候鸟南归时,此时"夕阳因为雄浑,显得无比大,有股逼视你的力量",“背对它行走,在凝结了霜雪的路上,有一团天火拂照,脊背不会特别凉"。作者的这些自白亦恰是我读这部作品的感觉,就以此作为本文的结束吧。

2018年6月于北京

莫让阅读失其"本"

看"阅读"

所谓阅读,在行为上是通过视觉材料来获取信息、认识世界、发展思维并获得审美体验的一种活动;在思维上则是从鉴赏、理解、领悟、吸收到评价和思考的过程,从而最终实现丰富知识、陶冶情操、提升修养的功能。顺着这三层意思进一步抽象概括就不难发现所谓阅读之"本",一在"看",二是要"看原作"。这就是谈阅读的基本通识,通识不是绝对不可以颠覆,但颠覆者一定要提出足够缜密的逻辑和合理的依据而绝非信口开河,无知者信口开河不足为奇,而所谓专业人士的信口开河则另当别论了。

原作的源头自然在原创者,但对绝大多数读者而言能够读到的原作大都要经过一个中介——出版——的选择后而获取。因此,颠覆阅读通识的第一刀往往就砍向了出版。

现在许多言论一说到出版业就言必称"转型"。之所以如此这般，其背景无非是互联网、大数据、人工智能等一批高新科学技术的崛起及广泛被应用。毋庸讳言：所有这些新技术新业态对人类社会的发展无疑产生了巨大的积极作用，对出版而言，如果理解运用得当同样也不例外。对这一切，出版业一方面理应敞开胸怀予以热情的拥抱，另一方面又要根据出版业自身的本质特性加以具体分析，绝对不是"唯新就好"。至少在目前，对出版业而言，种种新技术新业态本质上还都只是一种工具、一种手段、一种思维方式，是对传统出版和阅读的丰富与完善，而决不是消解与颠覆。对此，我们必须秉持冷静理性的科学精神与态度。

然而，现在一些媒体和所谓专家学者动辄就宣称或发布种种"转型"的新方向与新业态，并将其视为传统出版业走向新兴出版的"灵丹妙药"，这就颇值得商榷。比如听书、比如所谓"知识服务"就是当下比较时髦之所谓"出版转型"的两种"新方向"。坦率地说，面对这些鼓噪，理性的出版人根本不会为之所动，但由此而生发出的种种鼓噪直接关系动摇到"阅读之本"这样的根本问题，对一些不明就里的读者会产生一种巨大的误导，因而不能不对此理论一番以正视听。

需要声明的是：关于听书、关于知识服务，对其本身笔者都是持支持与肯定的态度,我反对的只是盲目夸大其功能,甚至将其作为出版与阅读的新方向和新趋势来提倡。

先说听书。这本身压根就不是什么新业态,在西方一些发达国家,听书业早就十分发达,与今天互联网时代的听书所不同的只不过当时还只能借助于广播、录音带、碟片等工具进行而不像现在通过互联网来完成,但这种媒介的变化并没有改变"听"的本质。但凡听过书的都不难缕出听书的两种呈现方式:一是类似广播剧的改编式,一是原汁原味的朗读式。前者本身就是对原作的一种省略而非原作本貌,后者则多少类同于那种一次性的"消费";而通过视觉的阅读则便于停顿、便于重复,更易于抵达大脑进行理解与思考。不难看出,通过听觉进行阅读和通过视觉进行阅读的效果完全不可同日而语。听书只是对传统出版与阅读的一种丰富与补充,决不是一种替代与进化,如果以"听书"为出版与阅读的新方向与新趋势则绝对是文化传播的一次大倒退!

再说知识服务。现在一说知识服务就是碎片化、数据化、结构化、知识标引、精准服务……之类,并进而认为过去的传统出版业由于交付内容本身不够精准与精细,对用户时间占用较多;而在今天这个互联网时代大家觉得时间不够用的大背景下,我们应该怎么用内容生产、内容服务为用户更好地节省时间？因此，传统出版业要重新细化出版方向，由内容生产向内容服务转型，挖掘不同阅读场景的需求，在内容开发领域更加专业化、精细化。这一套一套的乍一听似乎十分诱人与唬人，但细究起来毫无逻辑可言，无非是在用一些似是而非的时髦话语混淆与模糊一些基本概念与行为的边界，其要害就在于扰乱了"学"与"用"的基本关系。学是本，用是末，以末否本，本末倒置，其方法论本身就很荒谬。所谓内容提供与内容服务，所谓读者与用户，骨子里都是同意反复，充其量不过是概念外延的大小之别，两者间显然也只能是延伸与进化而绝非对立与替代的关系。

由此可见，以知识服务作为出版与阅读新方向与新趋势的主张不仅在逻辑上是混乱的，而且在实践上的作用也是十分有限的。目前所谓知识服务的呈现方式不是各式各样的数据库就是以音频特别是视频为主导的各种"小课"。专业数据库的问题不是三言两语就能说清，但有一点可以绝对肯定，高质量的数据库既不是谁都可以做更不是速成化，相反，完成一个高质量专业数据库的建设对专业水准的要求及耗时绝不亚于一部原作的诞生。至于"小课"，作为知识学习的一种辅助工具与一家之言也未尝不可，但现在在舆论的鼓噪和资本的撬动下，它的功能被大大地神奇化，甚至也成为出版新方向与新趋势的标志性产品。有人称，一部学术专著或一门学科，你花去老多时间也未必知所云，而听上这十多分钟的小课便可茅塞顿开。这绝对是对知识学习极大的无知与讽刺。以黑格尔的《小逻辑》为例，一般读者的确不是一下子就能读通读懂，听真专家十多分钟小课，或许最多能有个轮廓的一知半解；但如果授课者是个水货，其结果可想而知，但无论是哪种授课者，这样的"小课"一定都有两个巨大的风险与缺陷：一是对《小逻辑》的了解必然是十分肤浅的；二是对《小逻辑》的了解很可能并非黑格尔之本意。概而言之，所谓知识服务即使是优质的充其量也只能是知识学习的一种补充、一种辅助工具，绝不应也决不可能成为出版与阅读的主流和出版转型的方向。

阅读本不复杂也不神秘，但要从阅读中真正地获取知识、陶冶情操与提升修养又的确只能是一个踏踏实实的终生"修行"过程，并无任何捷径可走。任何离开阅读之"本"的种种言说不是外行的鼓噪就是另有所图：或逐名或逐利。而这一切与阅读之"本"本就是格格不入的。

2018 年 7 月于北京

那个"整夜整夜聊文学的时代"

看朱伟的《重读八十年代》

八十年代是可以三五成群坐在一起,整夜整夜聊文学的时代;是可以大家聚在一起喝啤酒,整夜整夜地看电影录像带、看世界杯转播的时代;是可以像"情人"一样"轧"着马路……大家都被"创新"的狗在屁股后面追着提不起裤子,但都在其中亲密无间其乐无穷。

名编辑朱伟在他的新作《重读八十年代》的"自序"中写下的这段文字悄然拉开了本人记忆的闸门:在那个"整夜整夜聊文学的时代",我和朱伟兄算是大概念意义上的同事,他在中国作协所属的《人民文学》杂志社做编辑,我在中国作协所属的《文艺报》社编稿子;他在位于农展馆南里的文联大楼五楼上班,我则在六楼办公;他忙于拉优秀作家的原创好稿,我则紧随其后组织与这些好稿相关的理论文章。到了二十世纪九十年代，我们各奔东西再无交集；只是山不转水转，进入新世纪，彼此又成了大概念意义上的同事，他在三联书店主编《三联生活周刊》，我则从人民文学出版社到中国出版集团公司，交集虽少，但于我内心而言，却总是有点莫名的亲切感；现在，朱伟已功成身退，优哉游哉地端坐于书房读书写作，我则翘首盼望他的那种生活，不得不用业余时光拜读其新作《重读八十年代》……而整个拜读的过程，脑海里则是时而放映着过往的时光，时而闪过点关于当下的思绪。

朱伟的新作名为《重读八十年代》，仔细比照一下这书名与内容，其名似有点"大"。但我这里所言之"大"其实包含着两层意思：一是全书虽然对王蒙、韩少功、史铁生、王安忆、莫言、余华和苏童等十位活跃在二十世纪八十年代的重要作家一一进行了评说，但在这十年里，值得书写的重要作家显然又远不止这十位，换言之或者也可以说，这十位作家固然重要，但单是他们还不足以完整地概括八十年代；二是尽管朱伟在本书中虽然只是评说了上述十位重要的作家，但所涉作品却超过了五十部，而其中许多作品都并非出自八十年代，且绝大部分作家的重要作品几乎被一网打尽。有鉴于此，如此双重意义上的"大"虽"大"矣，但却不能谓之为"虚"。第一层意义之"大",朱伟给我们留下了十足的想象与期待:什么时候我们还可以读到这部作品的姊妹篇?并由此而拼接成一个更加完整的八十年代。第二层意义之"大"则更可谓之为"重",通过朱伟的描述与勾勒,我们发现,上述十位重要作家的文学起步虽大都在八十年代,但其中绝大多数作家的重磅作品又都是出现在八十年代之后。由此我们应该有理由想象:那个八十年代在这一代作家的写作生涯中究竟占有什么样的位置?

在外围绕了一圈,还是回到《重读八十年代》的文本吧。读这本二十五万字的"作家论",扑面而来的第一直感就是朱伟的阅读量真大。《重读八十年代》聚焦的虽然只有十位作家,但所涉作品却超过了五十部,这五十余部作品的总字数究竟有多少,我没算过,但肯定是超过了二十五万字评说的十倍以上。不仅是阅读量之大,而且绝对是"真的重读"和"真的细读",没有这两个"真的",朱伟不可能写出这样一部个性迥然的著述。我之所以格外强调这第一直感,实在是有感于现在的一些评论文字固然俏皮,也煞有介事,但读后又着实令人怀疑其论者是否"真的"读完了原著,是否"真的"细读了原著。如果说本人的这"第一直感"还是"外围"之论的话,那我的第二感觉就是构成这部"作家论"主体的完全是朱伟自己实实在在的阅读体验,无论对哪位作家哪部作品的具体评述,基本没有或展示"深厚国学"或炫览"广博西学"式的引经据典，有的只是实实在在细读作品后的个人体验和依据作品及作者自身发展逻辑的阐释。当然，我不会简单到一概而论地反对引经据典，而只是以为：第一，姑且先不论这"经"或"典""引"得是否确切，"据"得是否妥帖，对作品的细读与体验从来都应该是进行作家作品研究和批评的基本前提，那种以一两门所谓时尚理论来套一切作品的做法与其说是在"炫学"莫若说是在"露怯"更为贴切；第二，我一直有一种顽固或许也是偏执的认识，即除去那些必要的必须的通过"引经据典"来求证或演绎某种学说和规律的治学之论外，能够用自己的语言特别是明白晓畅的语言将问题说得清晰而透彻者在某种意义上更是一种大学问和高境界。以《莫言：在深海里响亮沉重地呼吸》这一篇章为例，从成名作《透明的红萝卜》到长篇《蛙》，莫言所有重要的中长篇小说无一遗漏，而在众多的作家作品研究中，莫言研究是最容易炫"引经据典"之术的，从"现代"到"后现代"、从"叙事学"到"修辞学"……能"引"的都被"引"过，但朱伟的这则专论则无一处引文，有的就是自己对其一部部作品条分缕析的解读，只不过间或冒出一句诸如"这条路，我们自称为'纯文学'"之类的概括，看似寥寥数字，实则举重若轻、意味深长。

朱伟在《重读八十年代》中说作家论作品，还有一个显著的特点，那就是自己的参与感，"我"的行为与踪迹不时会出现在这一篇篇作家论中，或是向作家们组稿、或是和他们的一顿饭局、或是在一起听音乐看球赛直播……这样的文字尽管不多，却有一种现场感和动态感。这是朱伟作为一个优秀编辑所独有的优势，也正是他这种独有的优势无形中烘托出两个巨大而重要的汉字——时代。具体来说，书名《重读八十年代》中的那个"八十年代"就是一个重要的时代。

关于"八十年代"，拙文开篇就引用了一段朱伟对这一时代文学而形象的描述，这里还可以再补充几句朱伟从另外一个角度对这一时代的描述：

我的八十年代记忆中，都是那辆绿色的凤凰牌自行车的印象。我骑着它，从阜成门外找钱刚，到蓟门桥找李零，再到北大找陈平原。这辆自行车陪伴了我整个八十年代，到九十年代初，送儿子上补习班停在楼下，它终于被偷走了。

那正是些年轻而值得回味的日子。

坦率地说，我无从知道今天的读者会从朱伟的这两段文字中读出什么，而本人作为与朱伟有着差不多从业经历者对那个时代的深切感受迄今依然挥之不去，那就是文学热情空前高涨、人际关系相对简单、艺术探讨平等活跃……以至于有论者迄今还认为"八十年代是新时期文学的黄金时代"。我们当然不能将某种时代氛围与文学成就的高低简单地划上某种符号，但时代与文学间存在着种种千丝万缕的必然联系这一点却总是那般不以人的意志为转移地客观存在着，无论你愿意正视还是选择回避。也正是在这个意义上，朱伟的这部《重读八十年代》除去自身写作的诸特色外，更从另一个宏大的视野与重要的视角给了我们更开阔更重要的启示。

2018 年 7 月于北京

"曙光"迸发

看龚曙光的《日子疯长》

拙文标题中的那"曙光"二字说的是身为出版人的龚曙光而非自然界的曙光,如果不将其"引"起来,后面跟上"迸发"二字似乎有点说不通。

曙光与我算是同行,只是比我"官"大一些,他是正职我是副职。虽只有一字之差,但其"繁(烦)琐"程度却不可同日而语。身为副职,管的事儿只是一方面或某几个方面,不想管不敢管不愿管时尽可以往正的那一推了之,且还美其名曰为"请示";而正职则是事无巨细无处藏身生无可恋。所谓繁指的是繁杂繁重,之所以还要括号上一个同音字"烦",是因为不少时候还很"烦心""烦躁";所谓"琐"则指的是琐碎琐细,有时甚至还不得不有点"猥琐"。说了以上这么多与阅读无关的废话,无非是想说曙光这种日常的工作情景与《日子疯长》所呈现出的精神状态是如何的不同。

曙光学中文出身,还远赴山东跟随名师攻硕。毕业后曾在文艺单位工作,曾经也是个不错的青年批评家,只不过是"这二十年来远离文学,一天到晚纠缠在生意中,一年到头就没有一点空闲"。或许也正是有了生活的这般反差,看曙光的《日子疯长》就完全没有读一般官员散文的那种闲适感,而是充满了一种迸发的力量,像是一个训练有素却又憋坏了的文学游子一朝重拾笔墨,就有一种既充满了激情充满了表达的冲动而又有着游刃有余收放自如的掌控力。这一显著特点的确令我有了几分感动,于是也就不避同行之嫌自告奋勇地为曙光这位"文学新人"站一回台。

《日子疯长》收散文凡十四则。其人物不是父母至亲就是儿时故旧,其场景则大抵为梦溪故地,其情真切其文质朴其理通达的特点鲜明地跃然纸上、贯穿全书。

于我而言,读熟人同行的忆旧性散文,总是难免会有点"窥私"的冲动,虽知道这是人性中丑陋的一面,但又终难去俗。因此,在《日子疯长》中进入我眼帘的首先就是曙光笔下那些关于父母至亲的篇什:《母亲往事》《我家三婶》《大姑》《属猫的父亲》《财先生》和《祖父的梨树》……这虽是一个来自中国最底层的、以农事为主体的、普普通通的大家庭,却被曙光处理得苦难中透出安宁（其实也是一种莫大的幸福）、坎坷中尽显达观、柔弱与顽韧融合、浓情与淡然相拥。读时，时而为温情触动，时而为艰难震撼，但作者的笔墨却始终不喧哗不掩饰，不噪动不回避，整个尺度的掌控自然圆润，进退有序，着实了得。

曙光与我基本同龄，因此，我们的那段青葱岁月大抵都是在一场接一场的"运动"轮回中度过与流逝。《日子疯长》中的环境地处湘西小镇，虽多了些封闭，大时代的风云际会或许来得晚了一些，但大时代之为大时代的一个重要表征恰在于它强大的穿透性与辐射力。因此，在那个"梦溪"的古镇深处，我们还是依稀看到了红卫兵、武斗、知青这些时代的特定因子在这个湖湘原始野性的环境中所产生的某种"杂树生花"之奇效。如此这般，诚如曙光的"夫子自道"："无论历史的逻辑是否忽略这些人事，但对他们而言，时代过去了，日子却留了下来。"

如果说现在我们年产纸介长篇小说万部左右（如果不算所谓"网络文学"，我高度怀疑这个数字不全都是新作）是一个庞大的客观存在的话，那么散文在另外某些维度肯定也是当下文坛另一个庞大的客观存在：比如现在年产散文多少篇大约就是一个难以统计的数字，比如现在写散文的作者到底有多少人恐怕同样还是一个难以统计的数字……面对这样一个庞大的客观存在，总结一下《日子疯长》的成功秘诀十分必要。

在我看来，曙光这部《日子疯长》的成功秘诀如果用最简洁的说法来概括的话不过就是三个字：真性情。父母至亲、儿时故旧、梦溪故地……这样的题材不用情，难；完全用真情，更难！《少年农事》这样的选材其实是比较难处理的，但因其就是作者的儿时亲历，不用情难，因而全篇读来并无枯燥琐碎之感，反倒是趣味横生；《母亲往事》《我家三婶》《大姑》《属猫的父亲》《祖父的梨树》《财先生》《我的朋友吴卵泡》……诸篇，主角皆至爱亲朋，这样的题材用情很正常，用情过度虽不讨喜但多少也还能理解，反倒是用真性情不那么容易，所谓为亲者讳为尊者讳是也。但在曙光笔下，无论是"亲"还是"朋"的身上，或多或少都有点"糗事"缠身，有的甚至还不止于"糗"而是近乎"丑"了，这就是用了真性情，读这些个篇什，心中的滋味就不仅是暖而是"动"甚至"悸"。《日子疯长》以叙事为主，间或冒一两句评价性的议论，比如说母亲的"人生行止，究竟是在且行且待中坚守，还是在且待且行中彷徨"；比如说吴卵泡"引以为荣的作品，其人物不如他自己率性有趣，其命运不如他自己耐人寻味。搞了大半辈子写作，吴卵泡最令人惦记不舍的作品，大抵还是他自己"。这些"洞明于智"的评说不用真性情是写不到这份上的。

构成一篇优秀散文的成功要素不少,但于这种文体而言,"真性情"应该是最基本的要素,缺了它,即便其语言再漂亮、其结构再讲究,都依然会给人以苍白感;而比缺乏真性情更可怕的则还在于无情、伪情、矫情和煽情的泛滥。当下的不少散文恰是这些恶情泛滥的产物。在这样的背景下,当更显出龚曙光的《日子疯长》之珍贵了。

2018年8月于北京

明"是"而知"非"

看于殿利的《出版是什么》

无论从哪个角度看,于殿利的这部《出版是什么》其书名都很"牛"。仅仅只是看这个充满霸气的书名,既很容易顺理成章地理解为是一部对出版知识的方方面面进行普及和启蒙的读物,也可以视为是一部阐释与探讨出版专业问题的学术著作,但无论是哪一种,单是一个斩钉截铁的肯定词"是"而非"雏议""试论"之类的语气,就彰显出一种自信和"牛气"。

殿利能够如此之"牛"当然是有底气的,我与他虽忝为同行,但人家出身终究"豪门",从出版业百年老店——商务印书馆的"小伙计"成长为今日之掌门人,加之自己又是历史学博士,且专攻的方向估计更是没多少人能懂的、甚至是闻所未闻的那个什么"亚述学"。这样的学术训练和从业经历使得他既有对出版业大量实务的掌握，同时又具备对这些实务进行分析与判断的能力。于是《出版是什么》这样的著述出自于氏之手也就顺理成章了。

戏谑了一番之后，言归正传。本人虽没有勇气写下"出版是什么"这样"牛"气的判断句，也未必完全同意殿利这部著述中的某些判断，但的确还是十分欣赏这样的旗帜鲜明。明"是"而知"非"，不知道什么为"是"当然也就无从判断何以为"非"，特别是在当下出版业确有一些以"非"为"是"者盛行的背景下，能够十分严肃而专业地讨论一下"出版是什么"这样带有本体性的问题还是很有意义与必要的。

出版是什么？除去教科书、辞书上那种"书刊、画集的编辑、印刷和发行工作"之类的标准解释外，坊间流行颇多的则有"出版即选择""内容为王""渠道为王"……诸说。这些固然都有各自的立足之道，但显然又都是从某个环节和某个要素对出版进行描述。而在殿利笔下，出版则是"关乎人类的存在，关乎社会的秩序，关乎民族国家的文化根基"。不仅如此，殿利还将出版与教育勾连在一起，"教育与出版是一对孪生子，出版也是一种形式的教育，甚至不拘泥于课堂教育的局限，有无限的延展性"。这样的认识或许与殿利深受他供职的商务印书馆"昌明教育、开启民智"的传统影响，但无论过程如何，这样的视野与站位显然就高远得多。上述三个"关乎"加教育固然不是对出版的定义，但如果我们的出版从业者能不忘自己的这种责任与使命，那么，出版该干什么不该干什么其实也就不是问题了。

在这部《出版是什么》的著述中，殿利不仅展示了自己学术上的专业性，其中的不少篇什更是在用自己的学术素养和专业背景探讨当下出版业的若干热点话题，这也是本书重要的价值与意义之所在。

必须承认，改革开放四十年的辉煌历程，一方面给中国出版业带来了种种革命性的变化和飞速的发展；另一方面，在这个过程中，出版业也出现了一些疑惑与彷徨。面对这些现象，《出版是什么》一一做出了自己鲜明的回答。

面对"编辑是一门正在消失的艺术"的论调，殿利一方面旗帜鲜明地认为"编辑是为新闻出版而生的，出版因为有编辑而成为出版，不因任何技术和工具而有所改变。在信息不足的时代需要编辑，在资讯过量且真假难辨的当下更需要编辑"。另一方面，殿利又毫不含糊地认为，在新形势下，编辑也需要完成三个转型，即"在内容的思想性和导向的把握上，要由被动地承担责任转为主动自觉的文化担当"；要"从单纯的文字编辑，转型为全媒体编辑"；要"由单纯的编辑转为一名生产经营者"。出版因有编辑才成为出版，新时代的优质出版更需要完成三个转型的编辑来支撑，这样的判断绝对是十分精准和切中时弊的。当下市场上充斥着许多平庸乃至低劣的出版物，与一些所谓出版人对专业的无知和对编辑功能缺乏敬畏之心就不无重要关系。

面对出版的"两个效益"问题，殷利一方面坚定地认为"要始终把出好书放在第一位，不能首先想着赚钱"；另一方面又自信地断言"出好书比赚钱更难""出好书就一定能赚钱"。在我看来，这才是对出版业要坚持社会效益第一、社会效益与经济效益相统一原则的完整科学的理解与阐释，相比之下，那种所谓"叫好不叫座"的出版物是在坚持社会效益第一的言论就显得何等苍白与虚弱。道理其实再浅显不过：一本无人问津或问者聊聊的出版物，又凭什么"叫好"呢？凡此一类，除了自欺欺人外，似乎没有其他理由可作解释。

面对"数字技术的降生缭乱了人们的头脑，搅乱了出版业的秩序"这一"中国特有的现象"，殷利发出的数字出版"七问"，可谓刀刀见血，直扎问题要害，而其中十分重要的一点就在于"数字出版"这个概念"在中国诞生之时就走向了传统出版的对立面，人们习惯上把它与传统出版割裂开来。这种状况的出现当然有多种原因，其中一个最重要的原因就是一群出版业的'门外汉'或'技术人'自觉地站在了传统出版人的对立面，他们的理想是凭借自己的所谓技术优势取代传统出版人而成为出版的主角"。面对殿利的这段宏论，我除了高度认同外还想补充的是：那"一群出版业的'门外汉'"其实不仅来自出版业外，同样也来自出版业内，他们虽身在业内却心在业外，既不懂出版自身的本质也不知不同门类出版各自的特性，只会跟着赶时髦瞎起哄，今天嚷嚷"危机"、明天吵吵"转型"，至于"危"在何处"型"往何转却说不出任何有佐证有依据的看法。其结果只能是"缭乱了人们的头脑，搅乱了出版业的秩序"。

……

《出版是什么》中所涉之出版业的本体问题及中国出版业的热点话题当然远不止上述所列，此外诸如"主题出版与时代之需""供求关系"与"供需关系""社店关系""产业的法律环境与融合发展之痛""阅读是一种责任"等等，这些都是当下中国出版业面临的一些十分重要而紧迫的问题，对此殿利都给出了自己的思考与回答。在我看来，从事出版之研究，与其说是一门学问，莫如更是一门实务，或者说首先还是一门实务。如果说《出版是什么》的学问做得好，固然有殿利知识学习和学术训练的扎实功底，但恐怕更离不开他对出版实务的熟知和对出版规律的正确把握，并进而将两者有机地统一起来，只有前者易陷入空谈，无视前者则视野受限。这或许是《出版是什么》给出版人思考出版问题所带来的方法论上的启示，这一点当比某一具体的论述更有其价值。

2018 年 9 月于北京

"经典"是这样成就的

看阿来的《尘埃落定》出版二十年

二十年前,当人民文学出版社推出阿来的长篇小说新作《尘埃落定》并首印五万册时,的确是需要独到的眼光和魄力的。在那个1998年前后,纯文学市场正处于相对低迷的时段,不少出版方追逐的是能够给他们带来高额利润的所谓畅销书,而当时能够风靡市场的又多是那些类型化的读物。这当然也不能算什么错,但如果就此偏于一隅则肯定有问题。阿来的这部长篇新作在杀青后就因此连续遭到几家出版方的退稿,理由只有一条:"不好卖"。

的确,即使以今天的眼光重新审视,《尘埃落定》仍然是一部缺乏一般畅销书特征但有可能在纯文学范围内引起诸多话题的长篇小说,阿来当时也明确声言自己"不会采用目下畅销书的写法"。然而,就是这部看似难以畅销的新长篇在当年不仅实现了首印五万册销售一空当即又加印五万册的"小幸福",此后更是创造了长盛不衰的大业绩,《尘埃落定》出版二十年,先后推出十五个不同版本,总销量逾百万,其总销量在获茅盾文学奖的几十部长篇中位居前列,同时更在海外三十余个国家得以出版。面对这份不错的"成绩单",我们完全可以理直气壮地探讨诸如"经典的魅力"或"经典即市场"之类的话题。

今天重读《尘埃落定》,还得承认这部长篇固然缺乏一般畅销书的特征,但对读者哪怕是一般读者本身也不是完全没有几分吸引力,别的不说,单是作品中那异族生活的神秘感就足以撩拨起一般读者的好奇。这部以神秘浪漫的康巴土司制逐步走向消亡过程为题材的小说很自然地要展现出许许多多异族生活的风土习俗,这里有刚烈的血性、过人的蛮勇、浪漫的性恋、牧歌的情调、严峻的生存,当然还有令人知之甚少的土司制……这一切在一般读者眼中,莫不因其奇异而备感新鲜,单是出于好奇也不妨读它一读。

当然,倘《尘埃落定》的写作仅限于此,其意义其价值当大打折扣。在一个拥有960万平方公里、56个民族的国度里,采撷种种奇风异俗展示一番,这样的举手之劳不是太大的难事；倘若读者对《尘埃落定》的阅读仅限于此，也实在是浅尝辄止，枉读了一部本可获得更多享受的作品。

在阿来看来，"特别的题材，特别的视角，特别的手法，都不是为了特别而特别"，而应该有"一种普遍的眼光、普遍的历史感、普遍的人性指向"，"努力追求一种普遍的意义，追求一点寓言般的效果"。透过作品那奇异的风俗画面，穿越作品中麦其土司二少爷那似傻非傻的言行，感受作者心灵与逝去历史间进行交流时的精神创痛，阅读作品时的那种好奇与新鲜渐渐会为另一种沉思与遐想所代替，进而寻找到作者所追求的普遍意义和寓言效果之踪迹。如此这般就使得《尘埃落定》在好看之余更多了一份耐看。

《尘埃落定》确是一个富于寓意的书名。土司制的寿终正寝，看似外力的冲击，仿若"尘埃落定"般只是残留在人们的记忆之中。不过细究"尘埃"当如何"落定"又似乎不止于"尘埃落定"这般简单。当社会从一种形态朝另一种形态过渡，当一种文明转化为另一种文明，一些曾经喧嚣与张扬的"尘埃"随着必然的毁灭与遗忘而迅速落定，而另一些看似细小的尘埃又是那样顽固地漂浮在空中乃至长存于人们的心灵世界。许多人性灵上的东西看上去只是在伴随着原有社会形态和文明的消失而消失，但终归又避免不了被一些更强大的力量所超越所充斥，其中许多又何尝不是在此之前就已为自身遗忘？对比一下麦其土司二少爷的"傻"与那些称他为"傻"的芸芸众生，到底谁"傻"谁不傻？"尘埃"又是如何"落定"？怀乡的原乡人所寻找的又何止是家园的物化外壳，更是对精神家园的一次心灵探寻。《尘埃落定》很容易令人想起"史诗"二字，它毕竟记录了土司制终结的历史，但这样的"史"更是一种被充分人性化了的心灵史。

经过这样一番梳理就不难看出：如果说异族风土人情的呈现及土司制的逝去是一种"特别"，那么细究那些看似"落定"了的"尘埃"则是一种"普遍"。"特别"只是手段而不是目的，许多流行的畅销读物不能说不"特别"，甚至很"特别"，但遗憾的只是就此戛然而止，这就很容易走上"特别"的猎奇和"特别"的展览之类创作歧路。《尘埃落定》的成功当然有其"特别"的一面，但不同的是阿来"不是为了特别而特别"，而是要从"特别"走向"普遍"，这是阿来自述的写作追求，也是一条有可能成就"经典"的写作之路。在《尘埃落定》出版二十年后的今天再来重现这样的创作轨迹显然也更有说服力。

顺便还想再饶舌一句：《尘埃落定》从畅销到长销的成功之路不仅在文学上有着典型的示范效应，同时还给出版人以重要启迪：出好书其实比赚钱难，但只要是真正的好书就一定能赚钱，而且出好书赚的钱心里更踏实更舒坦。

2018 年 9 月于北京

城有病，人知否

看杨黎光的《家园——对现代化进程中"城市病"治理的思考》

杨黎光早在二十世纪九十年代就以长篇报告文学《没有家园的灵魂》而蜚声文坛，其作品在对选材和事件讲究的同时，更注重置身于其间人物的心理与灵魂拷问。然而，就是这位成熟的报告文学作家自本世纪初起竟主动放弃了自己驾轻就熟的写作套路，开始由对事件与人物的关注逐渐转向对问题的聚焦。这种自我转向在他2004年创作的以"非典"为题材的报告文学《瘟疫，人类的影子》中初露端倪，此后便一发而不可收，从《中山路——追寻中国的现代化脚印》到《横琴——对一个新三十年改革样本的五年观察与分析》再到《大国商帮——承载中国近代转型之重的粤商群体》，可谓一路"变本加厉"地走来，并且还给自己的这种写作命名为"思辨体"。

由于杨氏这种"思辨体"的报告文学其事件与人物日益散焦，学理性的引证与思辨相应增多，随之而来的必然是可读性趋减。于是，开始有人质疑：这还是报告文学或纪实文学吗？对此本人的看法倒是要宽容许多：所谓报告文学或纪实文学在文体上本无一定之规，其变化也一直都在发生，只不过更多时候呈现出的是那种悄然的渐变。当然如果硬要就杨黎光的这类写作命名的话，我个人则更倾向于用"研究型"而非"思辨体"，后者指向的毕竟是一种思维方式，多少泛了点。扯远了，打住。

这里评说的杨黎光新作《家园》，依然是其明确标榜用"思辨体"写作的第四部，也依然是对近代以降中国现代化进程的探索与思考，但在我看来，这是杨黎光写作转向以来最成功的一部。如果说前三部之"思辨"会遭到一些非议，问题或许并不出在"思辨"本身而在于如何将文学的呈现与"思辨"或我说的"研究"更自然更妥帖地糅在一起；如果说前三部的这种"糅"多少还有些生硬有些分离外，那么这部《家园》则要自然妥帖得多。读《家园》，我们不仅可以对"城市病"进行理性的思考，同时还记住了不少人物与诸多事件并为之动容动脑。当然，这是就作品的整体写作与阅读的印象而言，具体说来，《家园》的出彩与独特则还在于紧紧抓住了"城市病"

这个人类在迈向现代化进程中的共同难题，而这恰恰又是作者近些年来"追寻中国现代化脚印"进程中无法回避的一个深且大的足迹。

作品从2015年12月20日发生在深圳光明新区的那场特大滑坡事故写起：这场震惊国人的灾难造成了22栋楼房被摧毁、73人死亡、17人受伤、4人失联，90家企业受到影响，直接损失达8.1亿元；进而引出位于罗湖区"二线插花地"的棚户区改造工程。类似这样的取材在我们的纪实文学园地乃至虚构文学中其实都不鲜见，但多半又都会落脚在奋起抗灾或关心民生、挖掘极端条件下人性深度之类的主题上，这样的处理自然都没问题，也很有意义。但杨黎光却似乎不甘如此而是更加关注思考这些现象背后的成因。当然，具体到滑坡、具体到棚户区改造这样的个案，成因一定不完全相同，但杨黎光却能够敏锐地从不同的个案中抽象出带有某种共性的规律进行解剖与思考，进而寻求破解之道，而这"带有某种共性的规律"作者用了"城市病"三个字进行描述与概括，这应该是颇有见地也更是一针见血。

如果看到一个"病"字就以为是一种负面的、带有某种贬义或消极的评价，那这样的"以为"便着实是太无知太浅薄了。所谓"城市病"不过只是当代公共治理研究中的一个核心概念，是对城市在现代化进程中出现的诸如交通拥堵、住房紧张、能源紧缺、环境污染、秩序混乱、物质流能量流的输出输入失衡等社会客观现象的一种概括性的形象描述。打个未必形象的比喻，"城市病"不仅的确是病，而且还是一种"富贵病"。我们现在就处于这种"病"的高发期，如果不及时加以重视与研究，其发病率必将趋高，病症也会随之趋重。在这个意义上说，杨黎光这部《家园》的面世亦可谓恰逢其时。而且作品选取深圳这座以四十年时间走完世界其他地区三四百年城市化进程的城市为样本进而探讨"城市病"这一人类现代化进程中面临的共同问题显然更有其典型的意义。当然，杨黎光的研究显然不满足不局限于深圳的当下，而是将这座不过只有四十岁的新兴城市置于历史的长河和国际的大视野中进行研究。于是在《家园》中有关"城市病"林林总总的信息与知识扑面而来。

——"城市病"的"发病"区域广阔。无论是英国伦敦曾经的"毒雾"，还是法国巴黎暴发的天花瘟疫；无论是俄罗斯的远东城市伊尔库斯克还是美利坚的"铁锈地带"，无论是曾经有共和国长子之誉的辽宁省鞍山市还是有世界"汞都"之称的贵州省铜仁市的万山特区……都曾先后发生过程度不同、表现不一的"城市病"，有的迄今尚未治愈。

——"城市病"的"病因"多样。这种病固然特指在现代化进程中出现的病症，但诱因却不尽相同，无论是先发地区还是后发国家概莫能外。有的是发展不足所引发，比如《家园》所重墨书写的罗湖区"二线插花地"棚户区就形成于深圳特区开发之初；有的是发展过程中出现，比如曾经是"美国梦"代名词的底特律，这座蜚声全球的"汽车城"因产业长期缺乏创新最终不得不宣布破产保护；有的则是发展过度所导致，比如出现在1952年伦敦上空的"毒雾"。

——"城市病"可治但也不那么易治。同处美国"铁锈地带"的底特律与匹兹堡，同为发展过程中因产业转型升级不及时而同时染上了"城市病"，但前者却因救治不当而宣布破产保护，后者则因及时成功的产业转型而重生。两相比较，正可谓"一念地狱，一念天堂"。

——"城市病"已成为地球村共同关注的问题。在《家园》中，杨黎光为我们呈现了全球共治"城市病"的这一国际性场景。比如近年来，我国经济工作中一直在努力践行着的"调结构、去产能"等大政方针其功能固然在促进我国经济的可持续发展，但同时也直接指向"城市病"的疗救；比如我们每年的政府工作报告中都会对"棚户区"的改造设定量化的刚性指标。比如，我还注意到，杨黎光在自己的这部新作中引用的世界各国学者或机构对"城市病"的研究多达近三十处，这从一个侧面反映出对"城市病"成因及疗救的研究与探讨已成为全球多学科合力关注的焦点。

人有病，天知否？城有病，人知否？《家园》中所呈现出的世界各地"城市病"之表征固然触目惊心，但地球村的村民们为疗治"城市病"而做出的多种努力同样令人欣慰。在构建人类命运共同体的途程中，这样的共识与共为无疑十分重要。

2018年10月于北京

揪着你慢慢抵达人性深处

看那多的《19年间谋杀小叙》

所谓公案小说、所谓推理小说、所谓悬疑小说，叫法虽各不相同，写法也不尽一致，但骨子里大抵逃不出同类小说的三大套路：一皆属类型化作品，二都有一个揪人的悬念，三多不使用暴力而是凭智力解疑释惑直至最终破案。传说著名的数学家华罗庚先生工作之余就是个推理小说的"超级粉"，他还对应于武侠小说为这类小说起了个名儿——"智侠"，倒也颇有几分传神。这类作品的写作当然也有高下之分，差异多在于悬念的设置是否巧妙和解疑的过程是否精致。但类型小说终究就是类型小说，看多了，自己差不多也就成了功力不浅的一位"智侠"，一般来说，作品看到一半左右的时候，"疑"也就被解得差不多八九不离十了。由于有着这样的阅读经验，这类小说一般不会成为我阅读的选择，因此，当那多长篇小说新作

《19年间谋杀小叙》的责任编辑再三向我推荐这部作品时,我依然一直将其掷于一旁。直到前不久外出需飞行较长时间,就随手抓了这本原以为可以轻松快速阅读的作品置于随身行李之中。不曾想到的是,就是这随手一抓竟让自己陷入了好一阵的压抑之中,这究竟是一次愉快的阅读还是一次压抑的精神苦旅呢?

首先不得不佩服在《19年间谋杀小叙》中,那多的文字功夫好生了得。进入对作品的阅读不久,本人的情绪就始终处于一种紧张与压抑的状态,而这种状态竟然一直伴随着对整部作品的阅读过程而不得松弛。坦率地说,这在我以往阅读悬疑小说时是非常少见的。如果说,在电影或电视剧中,这样的紧张与压抑感多是由其音响的跌宕和画面的色彩所营造,那么在小说中能造成同样效果的手段就只有文字了。这不容易,在众多的悬疑小说中,作者的用心一般多停留在情节的曲折与推进而不太注意氛围的营造,那多在作品中虽还不至于完全反其道而行之,但他对整个叙述节奏的掌控和对文字的讲究,客观上对阅读形成了一种紧张和压迫感。如果说更多的悬疑小说是依靠情节的设置和悬念的逐步破解来吸引和推动读者的阅读,那《19年间谋杀小叙》则更多是靠文字的魅力揪着你慢慢抵达人性的深处。这真的十分不易!

小说以"毒杀"开篇,场景也是设置在校园。这很容易令人想起曾经在社会上引起广泛关注的几起校园投毒案:北有清华朱令的铊中毒,南有复旦的黄洋被毒杀,前者凶犯迄今依然逍遥法外,后者投毒者林森浩虽已服法,但一条鲜活的青春生命却已无法挽回。我不知道这些个社会新闻是否成了那多创作这部长篇小说的导火索,但可以肯定的是《19年间谋杀小叙》设置的毒杀案远比生活中的大学投毒案要复杂得多和纠结得多,所触及的人性复杂面和抵达的深处也远非生活之真实所能比拟。

被毒杀的文秀娟竟然曾经也是个投毒者,而被她下毒致死的竟然还是自己的亲姐姐;文秀娟被同学投毒而失去了年轻的生命,看上去与生活中的大学校园投毒案如出一辙,但不同的是在那个小小的"委培班"同学里居然无形中还存在着一个"毒杀者联盟"。这就是那多的《19年间谋杀小叙》不同于其他悬疑小说在悬念设置上的特别之处。看上去,这有悖于日常生活的真实性,但那多的高明之处就在于通过自己的精心叙事编织起一张严谨的逻辑链将可能招致的"胡编"之嫌一一消解。生活中的所谓"失真"被作品的严谨逻辑所填补,这大约也可作为所谓优秀的文学作品源于生活又高于生活法则的一则佐证吧。

在《19年间谋杀小叙》中，文秀娟的乖张行为与"狠毒"令人咋舌，年少时就试图与长自己一岁的姐姐联手谋害因意外车祸而成为植物人的母亲，被姐姐"出卖"后更因其可能妨碍自己上大学就投毒要了姐姐的命，进了大学后为掩饰自己家境的贫寒竟打肿脸充胖子将自己打扮成居住在原法租界的大家闺秀，一旦发现知道自己根底的项伟成了大学同窗便不择手段地使之被"甄别"……再往下推动案件走向的逻辑便是那"恶有恶报"的环环相套了，文秀娟这一连串恶行也为自己招来了杀身之祸，对其施害者竟然就是她那小小"委培班"内的同学们，其动机或是因为嫉妒她的优秀，或是由于她的存在而担心自己会成为下一个"被甄别"者……正是这将人一步步剖开来的描写令人惊悚，但似乎又不觉得突兀和荒唐，一切皆有自己存在的合理逻辑：人不为己、天诛地灭，为自己的成功而不择手段……人性之恶被淋漓尽致地摊开着展示。

好在作品还有柳絮的存在，还有郭慨的存在，还有柳絮对案件真相锲而不舍地追寻直至最后的真相大白。尽管她一开始就仿佛踏进了一条暗河的中部，无论是向上追溯还是顺流而下，都不断落入死亡的漩涡，但她终究还是成功地抵达了彼岸。"这个世道，不是每个聪明者都能活下来"，柳絮的这句感慨成为全书为数不多的亮色，也为人们带来了希望与未来。

就这样，那多在《19年间谋杀小叙》中以自己见长的逻辑推理和对人性的拷问不断地叠加残酷和罪恶，但所有的一切动机都可以被解释。于是，人性中残酷阴暗的那一面在冷隽呈现的同时又在不断地予以洗刷。这样一种设置使得我们在进入对作品的阅读时就仿佛陷入了一片泥潭，一次次在面临着被黑暗吞噬的险境中苦苦挣扎，最终总算成功地抵达了光明的彼岸。整个过程文质彬彬、不动声色，但一股强大的力量揪着你慢慢地抵达人性的深处。

而这，正是《19年间谋杀小叙》不同于其他悬疑类小说的过人之处。

2018 年 11 月于北京

文学史写作的别一样风景

看程永新的《一个人的文学史》

我和永新是大学同窗。他是我们班从一毕业就一头扎在一个位置上不曾挪过窝的那一小拨,我呢?虽挪过几次地儿,但大抵也都是游走于文学与文字之间做编辑,与永新算是同行,因此我们有不少共同的作家朋友。但这种关系不时令我感到"无颜":当我在与一些作家朋友的聊天中不经意地说起自己与永新是大学同窗时,他们大都睁大眼睛充满怀疑地吐出三个字:"真的吗?"这样的"质疑"多了后,我也由此"自觉而自卑"地开始回避这种同窗关系。最近,永新的《一个人的文学史》在上海文艺出版社得以修订后新版,沪上的部分同窗以自己独特的方式为此搞了个"新书发布",我当时无法脱身前往,就只能以这则文字聊作弥补了。

印象中,永新这部《一个人的文学史》的初版差不多是十来年前了,当时似乎只是一册,收录的都是他与一些作家的通信、短信及他个人的部分微博。当时读此书,不仅对永新有了一些新的认识,也不曾想到这个看上去大大咧咧的"颜值男"竟然还有这等细心与用心,而且也唤醒了我自己的一些记忆,因而打心眼里认为这是一部很有意思也很有价值且他人无法复制的独特之书,但的确完全没有从"文学史"的角度来打量,并以为所谓"一个人的文学史"之命名不过只是出版商用以博取读者眼球的一个噱头而已。

新版《一个人的文学史》增加了永新的一些评论文字和发言稿,卒读下来,确有了些新的心得:一是更显其厚重,当然这肯定不是指形式规模上的"厚"和"重",而是说内容与内涵上的分量与扎实;二是这书名还真不是一个噱头,尽管永新对此谦称为所谓"'一个人的文学史'的含义就是一个人在文学史里前行、成长和变化",此言固然不错,但其意义还真不止于此,从学理上讲,这"一个人的文学史"虽不是那种严格的编年史、断代史或专题史,但的确就是永新"一个人"的"野史",更有着不同于一般文学史的独特价值与存在理由。

一般来说,无论是编年、断代还是专题的文学史,大都是由后人依据留存下来的史料进行归纳取舍和研究判断的结果,这样的史著其长处一是因其著述者与被研究的对象之间一般都没有或甚少直接接触，因而受个人情感羁绊的因素不多乃至全然没有；二是所研究的对象经过时光之河的淘洗，可谓已经经过了一次历史的过滤。但不可否认的是：世间万物的一个普遍规律往往是其长处的另一面则常常就是它的短板之所在，文学史的写作亦不例外：与研究对象的间离意味着其研究所倚仗的材料均为二手，而经过历史过虑的另一面则必然是那曾经的过虑就一定对吗？如果对此不持有一定的质疑，就无法理解所谓"遗珠之憾"之说。也正是在这些个意义上，见出了永新的《一个人的文学史》不可替代的独特价值。

《一个人的文学史》最显著的特点就在于著述者的亲历性与在场感，也正是这个显著特点保证了史料的真实与鲜活。书中至少收录了永新与近八十位作家和评论家的通信或电邮，其内容大都是围绕着某一部具体作品或某一位作家而展开，交流的话题也大都是作品的所长所短，用或不用，再具体一点则是长该如何张扬、短又当如何弥补，这些作品中的大部分随后都见诸永新供职的《收获》杂志；剩下的则或为其他文学期刊所录用，或就此"寿终正寝"。而在《收获》上首发的那些部作品中的许多今天都是研究所谓"新时期"文学时所不可或缺的重要文本，构成了"新时期文学"灿烂星空中一颗颗闪烁的明星。这些个通信或电邮从单篇看涉及的是一部作品的诞生记，串起来则是一段文学史的形成及流变。从发生学的意义上看，这样一种诞生与流变过程的原始记录往往是一般文学史研究者所无法获取的。举个例子吧，无论是读者还是研究者，大约都很难想象那个在作品中颇有些"痞气"的王朔居然还会一本正经地和编辑讨论自己作品的修改，比如他为人们熟知的《顽主》交稿时的作品名本为《五花肉》，但永新认为"不好"，王朔想来想去干脆一下子列出"《毛毛虫》《顽主》《小人》《三'T'公司》"四个作品名交永新，并直言"要不这样吧，你看着给起个名字，托付你了。谢侬谢侬"，由此，在王朔的作品名录上就多了部《顽主》而少了部《五花肉》。诸如此类的细节显然会被文学史忽略或省略，殊不知一些经典或杰作的最终呈现恰是在这些个细节中完成的，而有些个细节往往就是常言"一步之遥"中的那个"遥"！

如果将上述亲历性与在场感串联起来，那么它的意义就绝不止于一部经典或杰作的最终呈现，同时也是一段时代特色与风采的形象写真。《一个人的文学史》中所收入的通信或电邮其时间大致起于二十世纪八十年代上半期，终于本世纪之初的五六年，在这长达二十余年的跨度中，反复呈现的场景就是作家与编辑间频繁的互动，而互动的主题大都是围绕着作家作品的如何进一步打磨。坦率地说，八十年代的永新还够不上

"名编"，而当时与之讨论的作家无论老中青，皆没有因为面对的只是一个"乳臭未干"的青年编辑而流露出不屑，而青年编辑也不会因为自己的生涩且要顾及成名作家的脸面而缩头缩脑，双方都是平等而率真地围绕着作品进行争论，谁能说服谁就听谁的。由此再进一步悉心观察也可以发现，随着时间的往后推移，通信的话题和语感都在发生细微的变化。细枝末节中透出的是一个时代的风采以及时代的迁移变化。这些细致入微的时代脉搏我相信如果不是亲历者或在场者未必能够敏锐地感受得到，而恰恰又很可能是这些时代脉搏的变化、哪怕是细微的变化在影响着整个文学的走向。

《一个人的文学史》或许更像一个人的"文学档案"，但这些充满亲历性与在场感的珍贵档案串联起来不就构成了一段文学史的基本"食材"吗？在学院派眼中，这或许仅仅只是"食材"而已，还缺少配料没有烹饪，其实并不尽然。在《一个人的文学史》中，不仅只有通信，还有部分信件后的"评注"、有永新的部分微博、有下册中集中收录的永新的短文及发言，这些都完全可以视为串联起那些"文学档案"的绳索，而且绝对是"一个人"的，恰是这"一个人"其实也是我十分看重的该书独特价值之所在。现在市面上的多种文学史绝大部分都是集体写作的结果，而且基本上形成了一种定势，无非就是重要作家设单章、次重要作家设单节，再次一级作家设合节。这样的结构更像作家与作品的另一种"辞典"，"史"的要素主要只是表现为时间的先后，而"史"的发生发展及演变的成因规律等"史"的隐秘既不多见，也欠深入。如果硬要将两者相比较，我其实更看重这"一个人"的"史"，这或许不无偏激之嫌，也只是一种个人好恶，但既然是"史"，在"形"之外更重要的还应在其"神"。在这个意义上说，永新的这部《一个人的文学史》自是说不上神形兼备，但至少是"形"真"神"特，这就很不容易了。

2018 年 12 月于北京

从书斋人到社会人的成长

看张柠的《三城记》

张柠写作并出版长篇小说了。

这个事实引发媒体关注的第一个点必然跑不掉张柠作为评论家或学者的这个身份标签，他毕竟是近年来继吴亮出版长篇小说《朝霞》后又一位出版长篇小说的评论家或学者了；如果再有几个评论家或学者如此"反水"下去，那就必然会被某些"敏感者"总结为"××现象"。这不奇怪，做媒体的善于这种捕捉与概括。但于我这种非媒体人，或者也算忝列文学中人而言，首先关注的倒未必是作者的身份而是作品本身的写作。虽同为文学中人，但似乎还没有哪一条能够断然决定谁只能写小说谁又只能做批评的身份宿命。

不过，理归理儿，事实终究是做了几十年的评论突然掉过头来写起了小说，这到底还是分属两种十分独立的文体。正是基于这样的事实,在所谓"评论家写小说"这个话题的背后其实还隐匿着"行吗"这两个关键字外加一个大大的"?"。

姑且先不论"行不行"如此尖锐的话题,但张柠这次写小说似乎还真是一次精心策划过的"行为艺术",就在这部长篇小说《三城记》经由人民文学出版社推出后,我们还在新年不同的文学刊物上同时读到他的名为"罗镇轶事"和"幻想故事集"这两个短篇小说系列,前者以写实为主,后者以写意见长。如果不是主观上的这样策划和安排,断断不可能有如此集中的爆发。既然铆足了劲儿以"集团军"的方式亮相,那张柠,你就准备好迎接来自方方面面的鲜花或板砖吧。

以本人的阅读经验,看评论家的小说虽不以其身份为多么重要的标尺,但的确是一看他写作的语言,二看他作品的意蕴。长期的职业习惯,不得不使得评论家的语言多以思辨和逻辑见长,而小说家的语言则多以形象和生动取胜,两者间的沟壑还并不那么容易跨越自如;同样的道理,评论家因其长于抽象思维,一旦写起小说往往情不自禁地会进入"席勒式"的套路,即观念大于形象、思想大于故事;而以形象思维为主导的作家所擅长的则是用形象、故事、情节和人物等元素传递自己的理性思考。在这个意义上,人们对评论家写小说的质量持某种先入为主的质疑也不是完全没有道理可言。坦率地说，我同样也是不可免俗地带着这种先入之见快速浏览了张柠的《三城记》一番，直到感觉他没有犯评论家写小说的上述"通病"后才开始进入对作品的细读。

《三城记》的故事不复杂，张柠自己对此有一段"夫子自道"："我陪着我的主人公，年轻的顾明笛，在北京、上海、广州重新生活了一遍，我跟他一起纠结和愤怒，跟他一起生病和治疗，跟他一起犯错和纠错，跟他一起逃避和探寻。跟他一起将破碎的自我和现实变成意义整体。"短短百余言的确就是作品内容的精准概括。《三城记》集中呈现了顾名笛、施越北、裴志武、劳雨燕、莫柳枝、麦恩梅、张薇祎、万嫣等一批八〇后年轻人群象，这是一群几乎从走出大学校门伊始就开始主动"漂泊"自己的"作男""作女"们，在他们中间，顾名笛显然是作者倾心倾力塑造的一个主角儿。

既然是作者倾心倾力地塑造，这顾名笛当然就是这群"作男""作女"中的"矫矫者"。大学毕业被分到国企，虽只是一家公园的管理处，但毕竟是坐办公室的，主要活儿无非就是给领导写写讲话稿，剩下的时光就是一杯茶一张报地混一天，单位离自己独居的宅子也蛮近的，每日依靠"11路"上下班足矣，既能免去乘公交工具的拥挤之苦，又拥有了每日健身所需要的数据。这样的生活自然是一种典型的"比上不足、比下有余"的"小日子"。

然而，身处"魔都"的这个顾明笛偏偏就是不安于这样一种安逸而死水般的生活，莫名的焦虑整日伴随着他。尽管有当年高中文科实验班的几个小伙伴们组成的读书沙龙相伴随，有张薇祎这样的才气女子与他之间那若即若离的微妙情感相扶持，有那位"大隐隐于市"的高人乌先生相指教，顾名笛还是怎么也摆脱不了那莫名的焦虑，身体还越来越差，遂毅然辞职离开了上海去北京广州闯荡，先后涉及报社、高校、互联网、城市与乡村等多种生活，由此辐射社会各个层面的生存和精神状况。而在这些个过程中先后登台亮相的施越北、裴志武、劳雨燕、莫柳枝、麦恩梅、万嫣……们虽未必完全像顾名笛这样北上广一路漂泊，但基本上也都是各有各的漂法。其间固然有为生存所需，但更多的还是试图为自己不安分的灵魂寻找一方栖息的家园。

还是回到顾名笛这个圆点。他和他的小伙伴们先后游走于上海、北京和广州三城，《三城记》之书名恐由此而来。而北上广这三座城市在某种意义上就是中国近四十年来走向现代化途程中的三个典型样本，在当下中国也可谓现代化程度最高的三座城池。类似我这样从新中国五十年代走过来的这一代人脑子里一定都有这样一种强烈的对比，我们的过去曾经经历了严重的物质短缺时代，尔后又是近距离地亲历了那个时代的结束与逝去。现如今，呈现在我们眼前的特别是北上广三城哪里还有短缺？完全就是过剩！君不见国家现在主张的"三去一降一补"，其主调也都是一个"去"字。然而，就是在这样一个物质极大丰富甚至过剩的时代，依然还有这样形形色色的年轻人，面对现代化的滚滚历史车轮，他们的灵魂、他们的精神还是找不到自己的家园、找不到自己的栖息地，流浪与寻找就是他们精神生活的主旋律。这是一种新的匮乏，是在温饱不成问题、小康触手可及条件下的一种新匮乏！有匮乏就需要拯救，匮乏与拯救，这是人类在走向现代化、置身现代化时代的共同面临的宏大的主题之一。

拯救不是空谈，拯救需要行动！《三城记》中以顾名笛为首的这群"作男""作女"们的"作"就是一种行动、一种实践、一种选择，他们的迁徙史、奋斗史和情感史正是在书写着自己成长的历史——一个书斋人到社会人的成长。将顾名笛在《三城记》中的亮相和在其作品结局时的行动两相比较，会明显感觉到这个青涩的书斋男面颊上正在生长出些许胡须。行文至此，不禁想到与《三城记》仅一字之差的《双城记》结束时的那几句话，不妨以此作为本文的结束："我，今日所做之事，远比我往日的所作所为，更好。我今日所享受的安息，远比我所知的一切，更好，更好。"

2019 年 1 月于北京

血色硝烟中飘来缕缕清风

看徐怀中的《牵风记》

严格来说,耄耋长者徐怀中先生不能算是一位高产的作家,然在他不轻易出手的笔下,但凡亮相必程度不同地给人以惊喜,其新近面世的长篇小说《牵风记》亦不例外。

作品以二十世纪四十年代我晋冀鲁豫野战军千里挺进大别山战役为背景,作为解放战争时期我军拉开战略反攻的序幕,那场战役的激烈与艰难可想而知,且徐怀中先生又是这次战略大迁徙的亲历者,他完全有本钱、有能力将这次战役的艰辛、残酷与血腥以及人民解放军的运筹帷幄和斗智斗勇给展现得淋漓尽致、活色生香。然而,老先生却偏要剑走偏锋、另辟蹊径,一部《牵风记》,翩翩然,于血色硝烟中飘来缕缕清风。

《牵风记》的结构特色一定程度上就在支撑着作家的这种个性表达。作品长度不过只有十九万字,但却被分成了二十八章外加"序曲"和"尾声"两部分，单看各章小标题多少便能想象这部作品的内容构成，诸如"隆隆炮声中传来一曲《高山流水》""一匹马等于一幅五万分之一地图""她们来不及照一照自己的面庞""大别山主峰在烈焰升腾中迅速熔化""银杏树银杏树"……作家以如此短促的篇章转换，一则为了加速作品的叙述节奏与场景转换，二是丰富作品的内容构成，即便是残酷战争的大背景与大环境，烽火弥漫中的金戈铁马自然不可或缺，但血色硝烟下的岁月也是一种日子，有日子的地方就会有人情世故，于是，在《牵风记》中，人情世故理所当然地就拥有了自己的一席之地。对此，徐怀中先生自己也坦言，这部作品的"写作意图不是正面写战场，相反小说淡化了具体的战争场面而是凸显特殊情景下人性的纠结与舒展"。

作为一部长篇小说，《牵风记》的篇幅尽管不长，但徐怀中先生在这部新作中着力刻画的几位形象——三位人物加一匹战马——则恰如雕像般深深地烙在了读者心中。而在这三位人物中，女文化教员汪可逾的形象令人难忘，这位本欲投奔延安的青年学子，偏偏阴差阳错地路经"老虎团"驻地，又因一曲《高山流水》而与时任团长的齐竞不期而遇，成为他部下的一名文化教员。于是在这位聪明灵动、冰清玉洁的女子与那位文武双全的一号首长间就奏出了一出浪漫激越而又一波三折的悲怆行板；特别是汪可逾牺牲后，那保持着前进姿态站立于一棵银杏树洞内、肉身不腐的最后形象更是令人心动，以这样一种神奇的想象示人既突显了这位女性的超拔不凡，也是首次出现在我国战争文学的人物群像之中。或许是为了与女一号汪可逾之形象相匹配，一号首长齐竞的形象在徐怀中先生的笔下同样卓尔不凡。我国早期的战争文学中多猛将，后来或许是为了矫枉过正，就出了些儒将，但又常陷于猛将过粗、儒将过弱的两极，时而虽也有文武兼备者，但总体又显儒雅有余而阳刚不足。而徐怀中笔下的这位齐竞则是文时谈笑风生、纵横捭阖，武时左冲右突、干脆利落，文武之道更显平衡自如。"强将手下无弱兵"，齐竞警卫员曹水儿的形象也不示弱，这个高大威猛的小帅哥打起仗来机灵勇敢，置生死于度外，既为齐竞所看重也颇受女性之追捧，于是一出出"艳遇"在漫天烽火中上演，尤其是最后遭诬告而被一号"挥泪斩马谡"时的那种宁愿站着死决不跪着生的凛然之气令人为之动容。与三位人物相比，那匹名叫"滩枣"的军马形象更是奇异惊人，不仅长相俊美、奔跑神速，而且通人性识人音，堪称军中神马。这种用拟人化的笔墨书写动物的手段在文学中虽并不鲜见，但徐怀中先生将其移植到中国战争文学中来，赋军马以智勇忠三气于一身者则并不多见。

《牵风记》所呈现出来的上述特点在我国过往的战争文学中并不多见,因此,这部新作亦可谓是对我国战争文学的一种丰富,有着不少创新的尝试,且这样一种创造与创新需要作者的勇气与胆识、理性与清醒。对此,徐怀中先生自己坦言:"我是老一茬作者,最大的挑战在于把头脑中那些受到局限束缚的东西彻底释放,挣脱精神上看不见的锁链和概念的捆绑,抛开过往创作上的窠臼,完全回到文学自身的规律上来。"

的确,在我们过往的战争文学中,相当长的一段时期内占据绝对主角位置的是一群为了正义而在战场上打打杀杀、充满了阳刚之气的勇者,这当然没什么不好,他们理所当然地应该成为战争文学的主角儿。但另一方面我们又应该承认,仅仅只是这样一种角色或状态终究还不是战争时代生活的全貌,生活在战争时代的人们,即便是一身阳刚的英雄与勇士,他们同样也会有自己的七情六欲与喜怒哀乐,除去战斗外他们也同样会有属于一己的儿女情长。在这两者间,简单地指责谁谁谁是"假大空",谁谁谁是抽象的"人性论"都因过于简单化情绪化而失之苍白。问题的关键更在于如何正确地处理好战争与人的关系,而徐怀中先生恰是以自己的创作实践持续不断地进行着探索和开掘。

在我看来,《牵风记》今日出自徐怀中先生之笔端并非偶然，在他长达六十余年的创作生涯中，人性、情感和革命人道主义三个要素始终与之如影相随，无论是二十世纪五十年代创作的《我们播种爱情》还是八十年代问世的《西线轶事》莫不如此。而现在呈现于读者面前的这部《牵风记》当是作家集数十年思考于一体的结晶。于是在这里，我们看到的便是这位耄耋长者一以贯之的革命英雄主义情怀，细品他对战争与人的关系那细致入微的观察与思考，以及笔下所展现出的激情飞扬般的艺术想象力。可以毫不夸张地说：《牵风记》的诞生，在新中国七十年来的战争文学史上必将会留下浓墨重彩的一笔。

2019 年 2 月于北京

"单筒望远镜"中的过去及未来

看冯骥才的《单筒望远镜》

"单筒望远镜"这个诞生于十七世纪初荷兰的物件当下的人们见得不多,实际使用者就更少了。对它的认识我们可能更多地还是来自观影时留下的印象:一个洋老头或洋老太端着一个单筒望远镜眯着一只眼正在窥探着什么。就是这么一个镜头、这样一个物件立马将我们的想象带入了一百多年前的那个世界,记住了那么一副表情:一种单向的联系,一副窥探的状态。这是一个充满象征意味的意象,冯骥才的长篇小说新作《单筒望远镜》的故事就是由此而展开。

当然,大冯在他的新作中所呈现出的意象并不止单筒望远镜这一个。比如还有那"一棵奇大无比的老槐树,浓郁又密实的树冠好比一把撑开的巨伞";还有那座白色的空荡荡的小洋楼顶边上的那间"小小的六边形的阁楼","阁楼东西两面墙上各有一个窄长的窗洞","面对着的竟然是两个全然不同的风景——一边是洋人的租界，一边是天津的老城"。

就这样，一副单筒望远镜、一棵老槐树、一幢小洋楼的两扇窗，三个意象，共同构成了大冯这部《单筒望远镜》中三个基本的、清晰的物理指向——时间：二十世纪初；地点：天津卫；事件：中西冲突。那副来自一百多年前的西洋单筒望远镜被一位法国军官漂洋过海地带到了天津的租界里，他的女儿莎娜又将其神奇地分享给了一家津门纸店的二少爷欧阳觉，一出跨文化的浪漫情缘由此上演，而这样一段浪漫传奇瞬间又在殖民时代加上中西文化充满隔膜的背景下迅速地被裹挟进了战火的硝烟，一场悲剧令人唏嘘不已。

尽管大冯中断长篇小说写作已有多年，但他的创作并不是第一次触及二十世纪的津门及中西碰撞的内容。早在这部《单筒望远镜》问世前的四十年，大冯就在人民文学出版社推出了自己的长篇处女作《义和拳》。这位伴随着新时期一同成长的著名作家固然以《铺花的歧路》《雕花烟斗》等名篇随着"伤痕文学""反思文学"而成名，但他和那一茬"伤痕文学"作家相比始终又保持着自己鲜明的创作烙印，那就是在关注现实、反思社会问题之外，还有《神灯前传》《神鞭》《三寸金莲》和《阴阳八卦》等另一类文化历史小说同样引文坛注目。

然而，当大冯的小说创作势头正旺之际，这个大个子竟毅然决然地终止了自己的小说写作，用了差不多二十年的时间跑去投身于非物质文化遗产的抢救与保护，这段历史在他2018年面世的纪实之作《漩涡里》有着翔实的记载。对此，大冯说："二十年来，文化遗产抢救虽然终止了我的文学创作，但反过来对于我却也是一种无形的积淀与充实。虚构的人物一直在我心里成长；再有便是对历史的思考、对文化的认知，还有来自生活岁久年长的积累。因此现在写起来很有底气。"

由此看来，这部《单筒望远镜》就是大冯底气十足地创作出的一部新作。

《单筒望远镜》整体篇幅虽不足十五万字，却文学化地浓缩记录了那段屈辱的历史以及反思那段历史之成因，这份沉甸甸的厚重已远远超出了区区十五万字之轻。

选择十九世纪初的天津作为《单筒望远镜》故事展开的场景，是因为那里正是东西方在中国疆域内最早发生冲突的地方之一。随着1862年天津地面上英法租界的设立，中西方在政治、经济、文化等各个方面的接触与交流越来越多。此时的天津颇有其两面性：作为一座先发的商业都市洋气的一面不难想象，而作为一个码头的天津则或许更为国人所熟悉，充满了区域市井的特点。于是，五方杂处，一洋一土、一中一西，彼此的怀疑与排斥，相互的猜忌与提防，日积月累，悲剧不可避免地上演了。

当然，如果沿着《单筒望远镜》的场景再往前溯，早在庚子前四十年前悲剧就已开始：英法联军在征服了这座城池后，一路朝西北方向打进了北京火烧了圆明园……到了庚子这一年，还是在天津的地面上，从租界的对峙发展到洋人的屠城，血光冲天、遍地哀鸿……国已然如此，家庭、个体又能怎样？位于府署街欧阳老爷家那颗五百年的老槐树在这场战火中轰然倒塌，巨大的身躯重重地压在它身下边的老屋上，欧阳老爷葬身于垮塌的屋子里；而二少爷欧阳觉和单筒望远镜主人的女儿萨娜这对中西青年的浪漫情缘同样被这场冲突给生生搅得阴阳分离。在租界与老城的对峙中，因为爱，他们首先想到的都是对方，都要到对方的地界去，结果酿出的只能是更惨的悲剧。

悲剧酿成的根源，从政治学角度的解读自然就在于西方列强的殖民和霸凌，以及清廷的闭关锁国与夜郎自大；而从文化学分析则是所谓文明的冲突。从单一角度看自是各有其理，但实际上必然是一种综合原因之使然。当然在多重因素中毕竟还是有其主要矛盾的存在，学术研究固然可以侧重于某一角度，文学创作也是一样。但《单筒望远镜》带给我们的启迪却并不如此单一。

读《单筒望远镜》首先产生的一个强烈震撼就是再次想起了那句大白话：落后就要挨打！在大冯笔下，这样的场景实在令人惨不忍睹：冲突的双方，一方有单筒望远镜、有洋枪洋炮；另一方还以为贴着纸符就可以刀枪不入。于是这群头扎蓝巾、手持刀棒的勇士们无论训练如何有素、咒语念得如何嘹亮，在洋人的荷枪实弹面前，只能是一排排地沦为灰烬。这就是硬实力的差异，而当这种差异一旦处于绝对悬殊的状态，其他似乎就没什么好说的了。

《单筒望远镜》带给我们的启迪如果仅限于对硬实力的这种比较，则不免有望远镜虽老，作品却大大贬值之憾。在《单筒望远镜》的封底，大冯有如下自述："在中西最初接触之时，彼此文化的陌生、误读、猜疑、隔阂乃至冲突都在所难免；而在殖民时代，曾恶性地夸张了它，甚至将其化为悲剧。历史存在的意义就是不断把它拿出来重新洞悉一番，从中获得一点未来所需的文明的启示。"应该说，这才是《单筒望远镜》的独特价值之所在。作品的表层固然是透过欧阳老爷一家的命运特别是其二公子欧阳觉与洋女子萨娜的爱情悲剧呈现出庚子惨案之惨，但骨子里则意在"把它拿出来重新洞悉一番，从中获得一点未来所需的文明的启示"。如前所言，庚子惨案之根当然是因为西方列强的殖民和霸凌以及清廷的闭关锁国与夜郎自大,但百年之后回过头来看:那种"文化的陌生、误读、猜疑、隔阂"在这个过程中是否也在起着推波助澜而非润滑消解的作用?历史与现实中这样的例证确实不胜其多,于是以亨廷顿为代表的"文明冲突论"才得以大行其市。姑且不论"文明的冲突"是否具有必然性,但与此同时,"和而不同"的学说以及异质文明和谐相处的案例同样比比皆是,而其中的秘诀则在于包容、交流与融合。而这一点对当下极具现实意义。在这样一个高度全球化多极化的新时代,如何处理好异质文明的和谐共处,对促进世界的和平发展至关重要。

透过"单筒望远镜",我们不仅回望了过去,更思考着未来,这才是大冯这部作品的价值及意义之所在。

2019 年 3 月于北京

看，这棵"大树"上挂着的那些"小虫"

看池莉的《大树小虫》

用"十年磨一剑"来描述池莉的创作从一般的意义上讲肯定是谬说，就池莉这样一位成熟作家而言，何时亮剑当完全取决于她的自我掌控，可以快得令人措手不及也可以慢到你心里发毛。但我之所以还要顽固地用这句俗语作为本文的开头，一是从面上看她的这部长篇新作《大树小虫》距上一部长篇《所以》的面世正好间隔十年，且在这十年间池莉其他的小说写作也十分有限，如此漫长的小说写作静默期在池莉以往的创作历程中绝无仅有；二是只要读过《大树小虫》就得承认：池莉憋了十年的这一招的确出得剑走偏锋，难怪"磨"了十年才得以出手。

"偏"在哪？

作品以援引爱因斯坦对自己的幼子爱德华形象地解释广义

相对论时的那句大白话拉开帷幕："一只盲目的甲虫在弯曲的树枝表面爬动，它没有注意到自己爬过的轨迹其实是弯曲的，而我幸运地注意到了。"或许正是这两个"弯曲"从一种哲学的、方法论的高度造就了池莉的这部长篇新作从内容到形式全然不同于她以往创作的一系列"偏"招。

从二十世纪八十年代下半叶创作的由《烦恼人生》《不谈爱情》和《太阳出世》组成的"人生三部曲"到《生活秀》《来来往往》《小姐你早》等一系列作品的接踵而至，为池莉的写作贴上了"新写实"和"汉派写作"两个标签。不能说这两个标签不对，也不能说不好，标签在某种意义上就是一种特色一种标识。对作家而言，一方面有特色有标识无论如何比没有的要好许多，但另一方面特定标签和标识被长期地固化对一位有追求的优秀作家而言又何尝不是一种"烦恼人生"？于是，我不得不毫无依据地揣测：为了冲出这样的"烦恼"，池莉耗时整整十年，几易其稿，才栽培出这样一棵"大树"并在上面挂满了形形色色的"小虫"。

看上去，作品依然是鲜活的"汉派"，但细一想，这个"汉派"在依然生猛鲜活之余似乎又夹进了些许沧桑多了些许厚重，这当是其作品的偏锋之一。池莉以往的写作取材固然一如既往的鲜活，甚至还在不经意地发挥着"引领时尚、拉动经济"的奇效,诸如"鸭脖子""汉正街"之类的美谈,但这些作品所搭建的舞台和设置的场景则多半又只是呈现出某一个平面,整个场景与纵深都有一定限度。而在《大树小虫》中,所谓"依然的生猛鲜活"是因为作品的主角儿俞思语和钟鑫涛就是两个地道的八〇后,而他们挂在这棵"大树"上的人生"表情"更是集中在触手可及的近日时光,于是才有了诸如"创业英才""二胎""大型豪华综合体"之类的时尚玩意儿。而"些许沧桑"与"些许厚重"则是因为挂在这棵"大树"上又不只是俞思语和钟鑫涛这两只雏虫,更有他们的父辈和祖辈这上两代的始终相伴与辅佐,虽然他们不是这棵"大树"上的主角儿,但配角也是角儿,龙套也要跑。只要有他们的存在,故事的时光就得倒回、舞台的空间就要拓展,而三代人的同台共舞,必然就有了时代更迭、社会变迁和命运起伏这些戏码,情节的流动性和作品的纵深感随之相伴而生。这些显然都是池莉以往创作中不多见或至少是不那么鲜明的。

两个家族三代人,如何摆布?具体到一部长篇小说的写作,这肯定是一个问题,如果依照简单的线性叙事排列,也不排除折腾出个传统史诗性作品的可能,但池莉显然不想如此这般地依葫芦画瓢。于是《大树小虫》就呈现出一种特别的结构,这当是其作品的偏锋之二。在本文落笔前,我曾试图用一种简单而形象的概括来描述它的结构，但几经努力皆找不到北而只好放弃。既然无捷径可走，那就只好用最笨的办法来复盘一下：面对两个家族三代人的命运，全书仅由两章近四十万字构成，不可谓不凝练不浓缩，但两章间的篇幅又极度失衡，其第二章篇幅不足全篇的五分之一。如此这般看上去第一章当然是作品的绝对主干，但第二章又绝对割舍不得，去掉了后作品就不完整就差一口气。两章间有了这样巨大的篇幅反差，全篇就形成了一种"非对称性审美"。问题还不止于此，全书虽一共只有两章，但这两章的结构方式又截然不同：第一章名为"人物表以及人物表情的关键表述"由八个小节组成，分别由女主角俞思语、男主角钟鑫涛和配角钟欣婷（钟鑫涛之妹）、配角格瑞丝、配角钟永胜（钟鑫涛之父）、配角高红（钟鑫涛之母）、配角俞亚洲和任菲菲（俞思语之父母）、配角俞爷爷和俞奶奶（俞思语之祖父母）领衔，这其中格瑞丝虽不是两个家族的成员，但却在这些人物中穿针引线。第二章名为"故事只是男女主角2015年度实施造人计划始末"，以这一年自然月份为序依次分成了十二个小节。至此，我用一种最笨但已是最简洁的文字将《大树小虫》的整体结构作了一个复盘，透过这样的复盘，似乎有些明白池莉如此结构的良苦用心了。可以想象：两个家族三代人，当是一个怎样规模的时空？在这样一个时空中，又当演绎出怎样的人间大戏？而在池莉笔下却以"人物表情的关键表述"这九个汉字淡然囊括统筹，再以年轻一代为主角儿，用他们年轻的目光和浅显的人生牵出父辈与祖辈的经历及自己的由来。时代风云、社会变迁、人物命运轮番上演，一个不能少，一个也没有少，这当然是一种举重若轻的内功，绝对是一件烧脑的活儿。整体结构好似绵密如毛细血管之网状，也近乎音乐殿堂中的复调交响，每一个人的生存都密切影响着他人的生存，你中有我我中有你。"板凳要坐十年冷，文章不写半句空"的道理在《大树小虫》这里又是一件佐证。

作为语言的艺术，《大树小虫》如此精致的结构无疑需要讲究的语言来支撑，否则，其精致度一定会大打折扣甚至无从实现。因此，语言的独特及讲究当是其作品的偏锋之三。在《大树小虫》中，类似如下的句式或标点不时可见：

很快唐琪就来了。敲门。请进。唐琪进门，笔直立定，低眉顺眼：梁总好！
男生：啊？！！！

多年编辑生涯养成的职业病，一看到这样明显不符合既定语法的文字及标点，忍不住地就兴奋就像是逮住了什么。但看下去看多了就发现自己的兴奋来得有点冲动草率，这显然是池莉的一种刻意追求，对许多文字和标点的使用都是一种煞费苦心的故意为之。现在的问题是她何以要如此故意地"非常规"？在《大树小虫》中，作家对许多文字和标点使用的一个突出特征便是尽量去掉汉语中拖累的语速和虚字虚词，尽量多用动词为主的句式结构和多用句号为标点。这样一种反常规的文字序列显然是一种专注于文本语言的重塑，以期以这样一种高速明快、富于动感力量的节奏最大限度地增加阅读的代入感，尤其是对当下年轻人的代入感。而这样一种对汉语言使用的创新显然与前述作者那种特定的文本结构又是相互配套紧紧地勾连在一起的。

好大一棵"树"，鲜活一群"虫"。弯曲的树枝、弯曲的爬行轨迹，构成了这部《大树小虫》的丰满与复调、鲜活与冷峻，这也是池莉蛰居十年后"复出"所带给读者的一份惊喜吧。

2019 年 4 月于北京

离别家乡岁月多　近来人事半消磨

看刘醒龙的《黄冈秘卷》

"故乡"无疑是世界文学中出现频率甚高的一个场景,而"回故乡"则又是世界文学写作中最常见的一个动作。之所以要"回",无非是为了表达这样两种情绪:或游子"少小离家老大回"的思乡之情,或拉开距离后将故乡与新居地的比较之思,即所谓表现"文明的冲突"之类的文学母题。现在,茅盾文学奖得主刘醒龙也没逃出这样的套路,他以一个黄冈人的身份和姿态一头钻进家乡的历史和乡亲们的灵魂中,创作出《黄冈秘卷》这样一部多少有些"烧脑"的长篇小说新作。

我之所以称其有些"烧脑",是因为刘醒龙的故乡真是一个有着"嘿乎嘿(黄冈语,表比很多还要多的意思)"说头的地方:明清两朝各中进士276员和335员,革命战争时期诞生了两百多位开国将帅,黄冈中学高考升学率超过98%;当然,还有那赫赫有名的巴河藕汤……面对这样一片人杰地灵的故乡，刘醒龙，你"回"得去吗？你又如何"回"？

作品以风靡全国的那个与高考密切相关且为多少考生恨之入骨的"黄冈密卷"为引子展开：

> 这世界对黄冈的恨有多深，天都不晓得，只有我们自己晓得。我们班已经三次举手表决，要我化装成杀手，杀到你们黄冈来！

在一个出自高一花季女生充满杀气的来电声中，《黄冈秘卷》徐徐拉开了帷幕，这样的开局难免要逗得不少人误以为作品是在聚焦反思中国当下教育问题，这一枪刘醒龙晃得既虚且实。所谓"虚"指的是作品的主体铺展终究还是在演绎现代以来黄冈地方文化的秘史，而所谓"实"则是那所谓的"黄冈密卷"在作品中时有闪现，其结局也落在了这上面，且和作品主体内容形成某种内在呼应，这当可视为作者结构上精心编织的一种讲究。

文学作品中的"回故乡"，有两个要素必不可少：一是故乡的场景，一是来自故乡的长辈，在这点上，刘醒龙免不了俗。关于故乡的场景，尽管《黄冈秘卷》游走于黄冈县上巴河刘家湾、胜利县和武汉市三地，但主体则毫无疑问的还是黄冈，至于胜利县和武汉市都是由黄冈引发延伸而来。关于故乡的长辈则是以"我们的祖父"和"我们的父亲""我们"这样三代的自述方式呈现，其中祖父、父亲老十哥刘声志和老十一哥刘声智则是绝对的主角。

如果说"我们的祖父"多少还是作为传统儒家伦理或所谓乡土民间资源的一个符号或一种象征而存的话，那么"我们的父亲"中关于老十哥刘声志与老十一哥刘声智的比照关系，关于修《组织史》和《刘氏家志》的双线设置则构成了《黄冈秘卷》的主干。刘醒龙自己也坦言：《黄冈秘卷》最大的特点就是对故乡的再认识，对父辈的致敬。

这种"对故乡的再认识"的焦点就是集中在对"我们的父亲"的再认识。那个被称为老十哥的刘声志人如其名，这位志士青春时代的历史方位是新民主主义革命时期，这个乡村织布师的儿子之"志"突出表现为一辈子始终与时势欲望格格不入的那身硬骨头，作品由"轿车"串起刘声志的人生：十五岁少年时也曾立誓要为刘家大塆争光，当大官坐轿车，把名字刻在家志上，鬼使神差因福特车入狱，在国教授的启蒙下，明白了"革命就是让这些坐轿车的人也和大家一样用两条腿走路"；"小福特车发夹"是父亲不得不为忠诚割舍爱情的一份遗憾，但若没有对福特车的喜爱，父亲也无法找到组织而开始他一辈子的革命路；把轿车当作"埋葬腐败贪婪的黑棺材"是父亲毕生的志业，他最清楚"路与桥"如何能真正实现"人行车走"的含义。从少年壮志到英雄迟暮，从天下兴亡到儿女情长。老十哥这一身硬骨头的志士又常常会情不自禁地背诵起《诀别书》这篇缠绵悱恻而又荡气回肠的短文，他铭记着"当亦乐牺牲吾身与汝身之福利，为天下人谋永福也"这句话，坚信唯有个人的"福利"服从天下人的"永福"，社会才能真正进步。当个人生活与"组织"要求发生矛盾时，老十哥坚决斩断了与海棠的情缘；但这并不排斥他毕生怀念她的那枚"福特车发卡"，还有她舔冰淇淋时的可爱动作……类似这样的细节间或出现在作品中，使得老十哥的整体形象在刻板倔强的同时又不时闪烁出几分温馨与柔软，呈现出霸气与温柔、粗犷与细腻、果决与缠绵交织的立体感，因而有了可触可感、可亲可爱的人间烟火。

值得注意的是，在"我们的父亲"中，刘醒龙还特别塑造了一位与老十哥同时出生、姓名读音也相同的老十一刘声智的形象，这个形象在中国当代文学人物的谱系中甚至更独特更鲜见，他既是为烘托老十哥刘声志而存在，同时又是另一类人群的鲜活代表。他们的处世哲学如同各自名字一样，一个坚信

"有志"（有理想成大事），一个笃定"有智"（有计谋成功业）。与老十哥信奉集体主义精神截然相反，老十一的精神底色就是个人至上；这个在今天看上去还算成功的企业主，一方面认为"钱不是万能的，但没有钱是万万不能的"；另一方面又信奉"不孝有三、无后为大"的传统文化，毕生娶了六个老婆，目标就是要生个儿子载入族谱。有意思的是：这"志"与"智"的毕生搏弈，到作品的结局时竟然出现了戏剧性的反转，老十一最后说："别看我一直对你不服气，那只是爱面子，其实我心里最佩服的人是你。我刘声智不过是那供人乘坐的轿车，你刘声志才是刘家大塆的路和桥。"这样的反转当然是刘醒龙的刻意为之，是否也是他对家乡文化反思后的某种感悟与心得呢？

或许是为了造成刘声志与刘声智"双雄对峙"戏码更足的效果，《黄冈秘卷》中还设置了另一条《刘氏家志》和《组织史》的双线并行。前者隐喻的显然只是刘氏家族，是"小家"，相对应的后者则隐喻着革命群体，是"大家"；前者是中国传统伦理道德的延续，后者则是革命伦理和价值的记载。作品中有这样一个细节令人玩味：历经"文革"破"四旧"的毁灭性冲击，《刘氏家志》得以幸存竟然是因为老十哥将其藏到了貂猪儿洞中。这个细节的设置我更愿意将其理解为是作者的刻意为之：在所谓"大家"与"小家"之间并非就是那么决绝地水火不容，如何走向融合与平衡或许更是当下人们应该重视和思考的问题。一方面，我们需要反思历史虚无主义把革命简化为欲望和暴力的叙事，另一方面更要警惕仅仅以传统儒家伦理或所谓乡土民间资源作为精神道德重建的良药。

作为本文的结束还想说一点，与许多"回故乡"的写作不太一样的是：在《黄冈秘卷》"回故乡"的历程中，"我们的祖父"和"我们的父亲"尚健在，因此这是一次历时性与共时性并存的"回"法，性格耿直的主人公老十哥革命、建设、退休的一生既是一位典型黄冈人一辈子的命运写真，也包含着对现实生活的密切关注与深入思考，探索当前社会关切的诸问题，具有很强的现实性。在这个意义上，《黄冈秘卷》的"回故乡"之旅又何尝不是一次"在当下"的写真呢？

2019 年 5 月于北京

再回首，恰同学四十年

看韩少功的《修改过程》

在我的印象中，少功的创作一向以文体探索兼思想前沿而见长，这个特点在他的长篇小说新作《修改过程》中依然一以贯之地得到了传承，但令我感到新奇的则是少功竟然将本人同样熟悉的这段题材处理得如此讲究：一方面将写作对象与写作过程打通运笔，形成一种有趣的互文式文体实验；另一方面用一种自嘲加互嘲的主调记录一代青涩生命成长轨迹而折射出思想性。而更为重要的还在于两者间又水乳交融般合为一体同构成为一种有意味的形式，形式本身即思想，思想无声地渗透于形式之中。在当代文学的写作中，这的确是一道十分别致的景观。

作品所呈现的场景虽已逝去四十余载，但笔者作为那段生活的亲历者，那些风云叱咤的日子依然还不时闪现于脑海：疯狂的十年浩劫在某种意义上就是从清华北大打响了第一"炮"，继而迅速燃遍全国高校乃至连中小学都无从幸免的整个教育界。这样的结果必然是国家的整个教育体系特别是高等教育被粗暴地中断，1971年尽管有了所谓推荐工农兵直升大学一说，但一个无法回避的客观事实则是更广大的适龄青年被无情地拒之于接受高等教育的门外。正是有了这样一段长达十年之久的荒唐遭遇，所以当小平同志于1977年10月坚决顶住压力果断地做出当年立即在全国恢复高考、第二年春季入学的决定时，举国上下出现一片欢腾的景观也就不足为奇了。高考制度的恢复，不仅为我国在新时期及以后的发展与腾飞奠定了良好的人力基础，使国家的人才培养机制重新回到正常健康发展的轨道，而具体到1977年，这一制度的恢复更是数以百万计被十年浩劫耽误的年轻人逆转命运的唯一机会。因此，尽管由于当时办学条件的限制，这一年参加高考的录取率尚不足5%，但仍有570余万考生报名参加了考试，这一年被录取的27.3万名77级大学生也随之有了"空前绝后"一代之誉，少功的《修改历程》便是抓住了这个"空前绝后"做起了自己的文章。

既然是"空前绝后"，那就一定逃不出文学创作的法眼。在少功之前，涉足这一题材者也不乏其人，况且这一届学生中本身就冒出了好几位后来的著名作家。不过，就笔者阅读而言，过往涉足这一题材者要么是诉说十年浩劫对这一代人青春的践踏，要么是书写他们的发奋与励志。相比之下，77级在少功的眼中则是这样的："这一代注定要卷入一个三千年未有之变局。只是这种变局并非嘉年华，既意味着奇迹，也意味着苦熬和阵痛。对于他们来说，诗与远方其实就在脚下，是一砖一瓦和一针一线，甚至是后来日常的沉闷、困顿、焦虑、辛劳。他们做不了太多，也许只是匆匆而过的流星。但他们的理想曾共振在一个时代的新起点——这已经使他们拥有青春增值的一份幸运。"（《修改过程》"附录一'1977：青春之约'"）

在上述这段文字中，"变局"二字或许可称为全篇的关键词。而《修改过程》则是通过"修改"二字来表现这种"变局"。作品开篇用肖鹏创作的一部小说引出东麓山脚下的一群77级大学生，肖鹏将自己同班同学的经历经过一番艺术处理在网上连载后引发了同学们的不满，由于网络文学写作与传播的特点，作品自然逐一地引出了陆一尘、马湘南、林欣、赵小娟、楼开富、毛小武、史纤等人物群像以及肖鹏自己的人生际遇。作为十年浩劫后的第一拨天之骄子，他们曾经是那样的意气风发，其后来的命运既与当时的社会发展密不可分，也是当年推动社会发展的中流砥柱之重要构成。因此肖鹏的小说在记录这帮同学人生的同时,表面上看不仅是记录而且还在修改他们的人生,本质上则是一个被生活不断修改的过程。

通过以上对《修改过程》的简单复盘,少功创作的这部作品的鲜明特点开始清晰地呈现出来:

首先,作品中肖鹏创作小说的过程就是写作的过程,他自己既是写作者也是被写的对象之一,而他的那帮77级同学们毫无疑问地都是其写作对象。这样一种整体架构,其写作过程与写作对象的互动打通在所难免,体现出一种自然天成的互文性,这是《修改过程》在文体上的成功实验,也是少功从事文学创作以来从未放弃过的一种追求。

文体实验在一定程度上当然可以是纯技术的,但这样的实验其意义终究不过只是一种实验而已,还很难说对文学会产生多大的影响与贡献,因为文学毕竟不是文字的游戏或文体的变异。《修改过程》没有沦为纯技术的文体实验就在于其互文性的过程中突出了"修改"的分量。"修改"的结果自然意味着变化与变革,而77级这样一个特定的群体恰恰又是承载变革的最佳对象。这空前绝后的一代,其命运因其赶上了中国改革开放的大时代而被"修改",反过来,这一代的经历与成长又不同程度不同角度不同时段地"修改"着中国社会。改革开放的四十年,正是因为有了这样的反复"修改",才有了今天的他们与今天的中国。这其实就是少功在这部新作中观察社会的方法与对人生的思考,透过这样的过程,我们不难感受到他的理想情怀和现实悲悯。这恰恰又是一位写作者之所以能称之为优秀作家所必备的条件之一。

2019 年 6 月于北京

掰开来、再穿透、有味儿

看张欣的《千万与春住》

张欣的小说可读性强是公认的、不争的事实。然而就是"可读性强"的这个特点却为她带来了一顶"类型文学"的"桂冠"。而"类型文学"意味着什么在文学界其实是心照不宣的：无非就是不够个性、不够深刻，一句话，不够文学。对此，特别是对张欣的作品作如此概括，我是不能苟同的。所谓"可读性强"绝不只是所谓"类型文学"的专利，而张欣的所谓"类型化"无非只是在说她作为当代中国都市生活的观察者与记录者，其出道以来的作品大都取材于南方的都市生活，这又有什么不好的呢？特别是在我们这片乡土文化传统深厚的大地上，张欣的南方都市题材作品的出现更似一股清流，带来的是充满现代生活气息的跃动与活力，诚如著名评论家雷达先生在评价张欣作品时所言：她"善于充分揭示商业社会人际关系的奥妙，并把当今文学中的城市感觉和城市生活艺术提到一个新高度""向着生活的复杂、尖锐和精彩跨出了一大步，不惮于直面丑陋与残酷，不惜伤及优雅，遂使她的都市小说的现实感、社会性容量、人性深度和心理内涵都有了明显增强"。对此，我是深以为然的，而且我还顽固地认为：对一部作品乃至对一位作家的观察与评价，首要的还在于深入对作品文本本身进行剖析与解读而不是简单地套用一个概念或一种所谓的体系进行评判，进而做出"顺我者昌、逆我者亡"的裁决。

正是基于以上的基本原则，本人进入了对张欣的长篇新作《千万与春住》的阅读。坦率地说，当看到作品中当代版的"狸猫换太子"情节以及处心积虑换来的"太子"在四岁那年又被拐卖失踪，而失踪十六年后的"太子"居然还能现身才导致一系列真相大白于天下等等离奇巧合的地方时，我是颇存疑虑与质疑的：这张欣咋也玩上了"狗血剧"？而且比屏幕上的那些个"狗血"来得更"狗血"，这未免有些不像张欣的作派了！这样的疑虑与质疑一直伴随着故事的推进到结局我才逐步得以缓释直至最后的理解：这盆"狗血"显然是被张欣故意泼出来的，但"狗血"既已泼出就得想办法打扫干净，否则就会留下挥之不去的"狗血"；于是，如何圆这盆"狗血"的理由就成了这部作品成败的关键。张欣对此显然是有备而来，她自己清醒地意识到"这次的故事又特别离奇,要驾驭这样的故事就变得不太容易,因为你只要压不住它,它就会变成一个可笑怪异的文本"。而这个"可笑怪异的文本"自然就是那盆"狗血"。为了"驾驭这样的故事",作品情节推进的合理性及人物性格与行为发展的合逻辑性在《千万与春住》中逐一呈现出来,"狗血"的痕迹渐渐淡去,最后取而代之的则是留下一串问题与你共同思考。本文标题"掰开来、再穿透、有味儿"这三个短句想表达的大致就是本人对这部作品阅读过程的一种描述。

《千万与春住》的故事的确"特别离奇"。特别之处至少有四。一是作品的两位主人公滕纳蜜和夏语冰这两个家庭与个人经历大相径庭者居然成了"闺蜜";二是滕纳蜜竟然忍心亲自将自己与夏语冰同年出生的男孩调包,上演了一出当代版的"狸猫换太子",而滕纳蜜煞费苦心调包来的那个"太子"还偏偏在他四岁那年被拐卖而失踪;三是这出当代版的"狸猫换太子"后来之所以穿帮是因为十六年后那个被拐走的男孩竟然还能被警方找到,而找到后必需的亲子鉴定程序才致使真相渐渐浮出水面;四是"狸猫换太子"的闹剧穿帮后,为之忏悔者竟然不是滕纳蜜而是她那平时看上去不怎么着调的妈妈,直到这个妈妈因此而摔倒身亡后滕纳蜜才有所触动。除去这四大

"离奇",作品还有不少与此相关的"小离奇",比如夏语冰的先生周经纬竟然早就知道了那个名为儿子的小桑君并非自己亲生,而这个滕纳蜜的亲生儿子小桑君好长一段时间竟然就在她自己工作的培训中心任教……

如此大大小小的离奇"串烧"在一起,的确是"特别离奇"特别"狗血",以张欣的创作资历与能力,她不可能不明白这一点。如此明知故犯地"掰开来"究竟为什么?她又靠什么来"驾驭"来"压住"?

很显然,这出当代版的"狸猫换太子",其剧情的核心其实就是滕纳蜜与夏语冰这两个女人间的战争,而这场"闺蜜"之战的导火索当然是滕纳蜜。缕清了这场戏剧冲突的线索及要害,很自然地由此导出两点结论:一是女人间最残酷的战争不在职场不在外观而在内心;二是嫉妒虚荣欲望之类人性之本能的弱点完全可能战胜教养一类后天的修行而导致人性恶的大爆发。如果这样的理解不谬,那张欣故意为之的"特别离奇"和"狗血"不仅可以理解,而且最终是得到了有效"驾驭"并"压"住了场。所谓"特别离奇",所谓"狗血"的设计,实际上就是要通过极端的艺术夸张与变形突出地将人性恶的一面赤裸裸地呈现出来以刺激受众的痛感,唤起人们的警觉,没有这样的"掰开来","再穿透"的目标不会那么清晰,震感也不会那么强烈，作品也未必会产生如此浓烈的"味儿"。

种种文学教科书不断地在告诫人们：文学作品要写人！文学是人学！写人的什么呢？何以才是人学？音容笑貌、性格心理、为人处事……凡此种种，固然都是在写人，但似乎又还是停留在人的表层与浅处，留传下的多是一些技法上的经验。而直抵人性深处的种种隐秘、揭示其多重成因，则当是更深层级的写人，这样的写人才可以够得上"学"的层面。在我看来，张欣的这部新作《千万与春住》就是这样一部作品，从开始的"特别离奇"和"狗血"到曲终人散时的"十分沉重"和"隐性情怀"，再加上以宋代王观词中的名句"若到江南赶上春，千万和春住"为书名，其用心、其寓意已毋须再言了。

2019 年 6 月于北京

比结论更重要的是研究的视野与方法
看李爽的《夜光·艺术、哲学、生命：李爽、魏明德对话录》

一个从事经营管理，一个专业治学；

一个阅读西方哲学与艺术，一个研究中国古典哲学；

一个刷油画，一个泼水墨；

前者是中国女士，后者是法兰西先生；

如此大幅度错位的组合竟然用他们的对话构成了这本《夜光》，谈哲学、谈艺术、谈生命……这些个话题本就"玄妙"，加之对话者又是如此"混搭"，会呈现出一种什么样的结果？这本身就令人充满好奇与期待。

但好奇归好奇，期待归期待，对阅读本书并有何所得我仍然有种"不详"的预感。魏明德先生我素昧平生，尽管他已出版过二十余本专著，发表论文两百余篇，另有诗集两种、画册四本，但惭愧的是我的确是孤陋寡闻一无所知。李爽从大的概念上讲虽为同行，但这女子言行举止也颇有几分"神异"，同样不是一个好把握的主儿。

初识李爽，只知年纪轻轻地就已是一家上市公司的总会计师，因为初识，也就只限于寒暄，于是想当然地以为这不过是一位"计算女"；接下来，在微信朋友圈中陆续看到她发的一些短章，与其说有点"小资"不如说有点哲学更贴切，由此方知此"计算女"还是位哲学硕士，于是就有点"烧脑"了；再接下来，进一步知道了"计算女"＋"哲学硕士"的双料头衔还不够，李爽居然还是个油画家，对我这个"艺盲"而言就更是没有任何话语权了，除去大而划之地感觉李爽的画作用色比较浓艳、画风有些现代之外再也道不出任何心得。

绕了这么一圈，无非只是想说明：从"知人论事"出发对本人解读这本《夜光》是完全借不上力的，只能老老实实地就文本说文本。

在《夜光》中，李爽和魏明德设置了十五个话题展开对话。他们对这些个话题的命名并不复杂，这里稍事一一罗列：观看世界——语言、文字与文化，寻找自我，理性与感性，阅读与展览，成长与感恩，在水与火之间，错与对、是与非，不懂哲学的哲学家，伤害、放弃、成长，光明／黑暗，说"谢谢"的画作，创作的动力，谈逻辑，普遍性，天地有大美。这些个话题的字面意义看上去都不费解，同时也清晰地呈现出两个特点：一是它们大都不是某个或某几个具体的问题，已然是经过了抽象，具有某种形而上的意义，或者说大都是哲学层面上的话题；二是这十五个话题中有不少关注的皆为两者间的关系，大多以"××与××"的句式呈现。

顺着对话的这种大结构解析再往里看，不妨信手列举两位对话者若干具体的看法：

在人与人、种族与种族、文化与文化之间，很多冲突并不是内容或内涵本身引起的，而是不同的语言系统和思维系统导致的。

当我们真心考虑心与心之间联系的时候，我们就有可能超越宗教、文化、语言、种族，甚至超越政治与其他很多东西。

相当一部分知识分子，因为不讲究那些比较朴素的基础性的概念，就导致很多错误的论述和表达，这些表达并不是指结论错误，而是过程本身发生了错误。

当我们的人文理念无法与科技进步相配套的时候，那科技的后果可能是悲惨的。可能是会伤害人类的。

平衡下来并不是使两方面都减少,而是使两方面都增多。

世界的本质是关系,不管是艺术还是科学。

流动是非常重要的,因为流动让所有的关系成立。

有两种伤害。一种是我需要克服的不太好的伤害。另一种伤害,是有一些人合理地挑战我们,这是好的伤害。

只有通过黑暗才能达到光。

真正的逻辑是要看人所说的话和所写的东西里面有着怎样的逻辑。

以前,不同的国家与文明的未来是没有关系的,但现在人类的未来一定是普遍的。

我们既要懂得做梦,也要看清自己的能力与可能性,在这二者之间保持稳健的、越来越好的平衡。

类似这样的句式还可以持续引用下去,我之所以不厌其烦地一一罗列,无非是想让这些文字本身比较清晰地呈现出作者在讨论交流上述话题时的一个基本思维特点:那就是更加注重传导思维的方法而非结论本身,更加注重将被讨论的话题置于一个相对开阔的空间以便从彼此关系的比较关照中形成意见而非封闭孤立的推演。

坦率地说，本书所研究和讨论的对象有许多是超出了我的知识和能力范围的，我之所以能够津津有味地卒读全书，除去求知的需求更是为其讨论问题的方法与思维方式所吸引，为其内在的逻辑力量所绑架；我之所以还要不揣浅陋地撰文予以推荐，是痛感在我们的日常生活中实在充斥着太多非逻辑的武断与粗暴。一些所谓研究看上去激情四溅、铿锵雄辩，也似乎不乏事实材料的支撑，但就是经不住推敲与琢磨，那些个被引用的材料不过是局部甚至是被肢解过的，那些个激情与铿锵是缺乏逻辑与理性支撑的。极端者如同前一段在网上流行的奇葩论文《马克思主义哲学在高分子材料成型加工新技术研究中的指导作用》《中国传统文化对蟋蟀身体与战斗力关系的认识》之类，这些写字者大约自以为戴上了"马克思主义"和"中国传统文化"这样的桂冠就可以畅通无阻，实则都是对最基本学理的一种亵渎与无知。这当然只是少数极端的例证，但在我们的学术研究或一般的言说中，种种非逻辑、非科学的表述更是比比皆是。这样一种学风和习惯，所影响的其实远不止于学术研究，对整个政治生态乃至社会风气的负面影响都是不可小觑的。从这个意义上讲，《夜光》尽管还只是一部对话录，并不是严格的学术专著，但其中透出的严谨的治学作风与方法无疑是本书存在的重要价值之一。由此，我们似乎也可以这样说：比结论更重要的是研究的视野和方法。

2019 年 7 月于北京

瞧，那些在"凤眼"中的出版人儿
看孙颙的《凤眼》

孙颙既是出版界的作家也是作家中的出版人，在他四十余年的创作生涯中，以知识分子生活为题材的长篇小说就有三部曲《雪庐》《烟尘》和《门槛》等，但却没有一部涉及自己工作了多年的编辑出版领域，"甚至可以说是小心翼翼地避开了自己最熟悉的专业"。为什么要刻意回避？孙颙自己的回答是"珍惜"。坦率地说，这个回答多少有点"狡猾"，何以如此暂且按下不表，而今，这个被"珍惜"了几十年的素材终于成了他的长篇新作《凤眼》中的"主料"。

《凤眼》的主要场景就是出版业。这个场景我熟悉，毕竟本人也在那里"厮混"了二十年，迄今都还忝列其中；这个场景要成为小说特别是长篇小说的"主料"的确不那么容易。这里集中了一群自己多不"码字儿"却偏偏还要整日价看别人

"码字儿"的主儿,看得开心了就将这"码"好的字儿变成铅字变成书,看得不开心或是不那么开心时就要或字斟句酌地写上一封谢绝使用的信函或苦口婆心地引导那"码字儿"的主儿如何如何地进行修改。日子就这样日复一日年复一年地滚动着直到地老天荒,没跌宕少起伏,没冲突少恩怨,寡淡得如同凉白开,而作为长篇小说之"主料"免不了需要将其打理得风生水起、香气四溢,这个领域本身就不太有"戏",这也更是对作家能耐的一种考验。

身为出版同行,将自己所在行业描述得如此"惨淡"似乎也有点说不过去,但此业常态的确如此;于是再搜肠刮肚一番,使劲地搜寻着它究竟有没有非常态的不寻常处?最终的答案是有,那就是围绕着对某部书稿的不同认识。

说来见笑,对某部书稿存有不同认识这也算事?还不寻常?!一般来说,面对同一书稿见仁见智的确再正常不过,但如果这"仁"这"智"有些来头,那原本正常不过的事儿也就别有了一番风味。果然,被孙颙用作自己长篇小说新作《风眼》"主料"者就是如此。而且以"风眼"为题同样是颇有意味的。

所谓"风眼",这个气象学上的名词本意特指位于热带气旋中心、天气十分稳定的那片地带。说白了,就是台风的中心位置，但不可思议的是这里反而风平浪静。整部《风眼》的故事核心和情节走向大体就是"风眼"的"套路"，这也恰是孙颙作为一位成熟作家的过人之处。

作品以一家沪上乃至全国知名且有着几十年历史的大出版社为主要场景，他们在某个年代推出了一套名为"市场经济常识丛书"。用今天的眼光看这一定只是一套小儿科得不能再小儿科的普及类图书了，但在某个年代的某个地方，却完全有可能成为一桩不得了的大事。果然，这家出版社主管单位出版局党委的主要负责人魏书记就以个人名义在某大报用于内部交流的热点情况分析上给这家出版社的社长及班子成员批了几行字，其中"所谓市场经济常识，是哪家的常识？你们到底想干什么？想影响舆论，还是想挑战国家前进的方向"如此咄咄逼人的口吻所幸还只是个人而非党委正式意见，然而，就是这纸个人的意见同样足以将这家出版社的班子"呼啦"一下子给刮到了"风眼"处，看似一如既往平静的表面开始涌动起巨大的潮汐，在这档口，班子中的五位成员立即出现分化瓦解，呈现出三类人生"表情"。

一是以社长老唐为代表，包括副社长兼副总编辑老牛和副总编辑郭道海在内的"求实类"。按理说，他们仨本都不是这套小丛书选题的坚定拥趸，在魏书记的"叱责"面前，大可以不同程度地将自己或摘出来或洗清自己的责任，然而他们却坚定地认为：从内容上看，这不过只是一套带有探索性知识性的小丛书，大可不必如此上纲上线；从现实看，中央文件中已出现"有计划的商品经济"的新说法，经济实践中的这种实例更是不胜其数；从批评源路看，魏书记又只是个人意见而非组织正式决定。既然如此，作为出版社的当家团队，当然就应该尽心尽责地直抒己见，澄清是非。如此"不唯上、不唯书"的精神与作为，既见出了一个党员知识分子的正直与良知、责任与担当，也是出版业为中国的改革开放伟业不断走向深化做出自己贡献的一个缩影。

二是以副总编辑秦含为代表的"缩头类""变色龙"。作为这套丛书选题的幕后始作俑者，在提出这套选题之时，这人鼓噪得比谁都厉害都夸张，只是一见上面有丁点风吹草动立马成了缩头乌龟，以至于不惜干出私自篡改审稿意见推诿责任的龌龊勾当，最终逃之夭夭而为天下所耻笑。

三是以副社长老王为代表的"另类"。之所以称其为"另类"是因为这个在出版社分管行政与发行的副社长，其气质与所谓出版社的班子成员几乎完全不搭，倒更像一个精明能干的上海小男人。其典型的"表情特征"就是做起事来有板有眼、一丝不苟；没有太多的是非立场，其价值取向一是只认自己的顶头上司、二是追求利益的最大化。往好里说，这类主儿天然具有市场经济条件下的经营基因，赶上了这样的背景，就能大施拳脚一展身手。果然，这位老王的确将出版社的行政工作打理得井井有条，将那套小丛书的发行做得风声水起，赚得个钵满盆盈。

我曾经说过：小说写作无所谓新旧之分，只有优劣之别。《风眼》当然是典型的、中规中矩的传统小说写作一路，它的一个突出特征就是以人物为作品的中心与聚焦点。孙颙的这部新作虽以编辑出版为"主料"，但着力点无疑是落在人物的性格、内心与行为上。作品中每个有名有姓的人物无论笔墨分配多少，都各有不同精彩的内心与行为描写，拙文以上对作品中主要人物所进行的分档归类则更是具有某种形而上的意义，而这种意义在当下尤显珍贵。"求实类"的本质是清醒、担当和责任，这与中央当下一再呼唤的"有作为、敢担当"高度吻合，难能可贵；而"缩头类""变色龙"则无异于中央当下痛斥的"懒政""庸政"和阳奉阴违之流，此类小人虽早已为正义与道德所不耻，却偏偏还有许多闪动在我们的身边。从这个意义上看，孙颙在从事小说创作几十载后才首次以这个自己无比熟悉的领域为新作的"主料"，的确是一种"珍惜"；作为读者的最好回报我想则也应该是无比"珍惜"地仔细品尝《风眼》所蕴含的意味与风骨。

2019 年 8 月于北京

一个长于思辨，一个精于细读
看吴亮的《或此或彼》和程德培的《黎明时分的拾荒者》

作家出版社新近同时推出吴亮和程德培的评论集《或此或彼》和《黎明时分的拾荒者》，或许是为了促销，出版社还特意为这两本评论集制作了一种合并销售的套装版并将他俩二十世纪八十年代在《文汇报》和《文汇读书周报》上轮流"坐庄"的专栏短文以《文坛掠影》为名结集成册作为馈赠礼品。坦率地说，这三本集子中的大部分篇什本人过往都已拜读，但看到套装后还是忍不住先拿起《文坛掠影》翻阅起来，因为那些精炼直率的文字足以唤醒自己对八十年代那段美好的记忆。

《文坛掠影》收入两位作者对文学新作快评凡一百十三则，每则篇幅大都在八百字以内，这个名为"文坛掠影"的专栏每周一次，前后持续两年零四个月。就是这样一本小册子，尽管足可见出吴程二位风格的鲜明差异，但又至少传递出三点高度相通的气息：一是作者的韧性，每周呈现出来的虽只是在八百字以内，但背后的阅读量则肯定是它的几何级数，而所评作品无一不是绝对的新作；二是视野的开阔，体裁囊括大部分文学样式，作家既包括在当时知名度颇高的名流亦有初出茅庐的新人，作品既有中规中矩的传统写作也有充满实验探索特点的所谓先锋之作；三是文风的干净率直，八百字的篇幅要立得住一定来不得半句废话，肯定的当然不会掩饰自己的喜爱，否定者则是单刀直入刀刀见血毫不留情。正因为此，这样一本薄薄的小册子所承载的内涵即使在今天看来也依然是沉甸甸的：在信息传播上它是当时文坛新作的一份快报，在文学批评上它是"酷评"美文的一个样本，在溢出效应上它是那个文学美好时代的一段折射。

不妨顺着那个文学的美好时代往下说。

吴亮和程德培是二十世纪八十年代初并肩冒头成名的两位批评家，几乎完全不同于现在一拨又一接踵而至的"学院派"批评。这两个没受过高等教育而是从工厂直接走进"作协"系统的批评"另类"恐怕也只能是那个时代的产物。然而，就是这两个"非学院派"的批评家，其个性、其特色却绝对不是"非学院"，在某些方面、某些方法上甚至比所谓"学院派"更严谨更规范，他们分别为自己烙上了印记鲜明的"识别码"。

初"识"吴亮，是二十世纪八十年代初在《上海文学》和《文艺评论》上不时能读到他那副题为"一个沉湎于思考的艺术家和他友人的对话"的系列论文。这个系列对话当时读起来虽有些"烧脑"，但还是很心甘情愿地被"烧"，因为它完全不同于通常看到的那种为对话而对话的所谓"对话体"，而是真正的两颗不同脑袋的对话，是两种思想的碰撞。作者运用苏格拉底式的辩证法将各方观点陈列出来，将其中的矛盾抽丝剥茧般地逐层揭露，从而将讨论引向深入。坦率地说，那些个"对话"当时虽未必完全能够理解，但的确是为这人的思辨能力而留下了深厚的印象。随后不久见到吴亮其人并随着交往的深入，面对那颗硕大的脑袋，一切似乎都有了答案。这颗大脑袋真的不安分，在文学批评之外，一会儿转向艺术批评，一会儿又写起了小说，但无论他干什么，超强的思辨能力这一点则是贯穿始终，新出版的这本评论集也不例外，单是"或此或彼"这个书名便可见出一斑。也正是在这种强大思辨力的驱使下，这本论集中提出了许多鲜明的观点迄今看来也还是耐人寻味的，比如"当代小说与圈子批评家""先锋就是历史上的一座座墓碑""要么畅销要么沙龙""真正的先锋一如既往""速朽一代"……而在对具体作家作品的评析中也不例外，比如在谈到莫言时，吴亮写道："莫言为我们开辟了一个拥有极大可能性的小说空间，在那里失去了优雅与节制，只有生命之流和感觉之流浩浩荡荡泥沙俱下地向我们涌来……我们有理由对他的相当一部分作品表示轻蔑，但是却回避不了莫言这个人对我们现有文学秩序和优雅心态的扰乱。这种扰乱是有着革命性的，它的意义可能要到几年后才能被承认。"这段文字写于二十世纪八十年代末，其中的逻辑联系十分严谨，虽以判断语为主，但这些个判断大都为以后的事实所证明，这或许就是逻辑的力量吧。

"识"得程德培同样也是在二十世纪八十年代初的各种文学杂志上，不仅是因为他经常与吴亮轮番出现，更是因为他的批评往往切口不大且更多地关注作品的"技术性"问题，这在以"宏大话题"为主流的那个年代真是不多见的。接下来在上海作协的一间办公室中同时见到吴亮和德培时，德培的头颅虽远不及吴亮那么大，但笑眯眯地盯住一个人的时间则远比吴亮要长得多，处事也相对要细不少。当然以此来认定德培批评特色的成因不过只是一种玩笑，但在《黎明时分的拾荒者》这本评论集中，三十七万字的篇幅竟然只是评论了十五位作家，平均对每位作家评说的长度为近两万五千字。这当然只是一个平均数，而实际操刀时对不同作家不同作品的批评其长度还是有不少差异，比如对李洱批评的长度近六万字，对吴亮《朝霞》的评论长达三万字，但即便是短的也有一万五千字。我自然不会以评论文字的长短论英雄，事实上也真有不少评论文字固然很长，但注水的成分却不少。而看德培的评论，其绝大部分文字无不都是紧贴作家作品的实际：作品论绝大部分都是对作品文本实际的条分缕析，尤其注重所谓形式的特点；作家论则是将评论对象的主要创作历程进行梳理比较，看其连续性及差异变化的轨迹。德培后期的批评虽也有一点引经据典的文字，但他的引用同样还是为了对作家或作品的某种艺术表现进行解析，同样是紧贴着作家作品的实际而不似其他某些评论的引经据典不过是在那里自说自话式地炫技而已。记得有一年在上海书展期间与德培聊天，当时他正在准备评论阿来中篇三部曲"山珍三部"的写作，闲谈中发现为了这篇评论他差不多是阅读了阿来的全部作品，其熟悉程度足以信手编撰一张"阿来创作年表"。表面上看这是一种死功夫笨功夫，但对评论而言这何尝又不是一种最基本的功夫。事实上，我们读评论文章，写作者是否认真研读了原作在他的文字中总是会露出蛛丝马迹的，如果连文本都没有认真地读，这样的文字实在是不能称其为评论的。

一个长于思辨，一个精于细读，当然不是吴亮与程德培评论新作的全部特点，我之所以突出强调这些，固然是因为这既是他们批评的鲜明特色，更是文学批评本应秉持的基本素质。如果不讲逻辑的缜密、不扣概念的严谨、不读文本的自身、不顾作者的整体，这样的批评和作家作品又有什么关系呢？遗憾的是，这样的"不"在当下的文学批评中并不鲜见。也正是在这样的背景下，吴亮与程德培的批评才见出其价值与可贵。我尽管也可能不完全同意他们的评判，但其基本功的扎实和学理的严谨则是永远值得尊重的。

2019 年 9 月于北京

真正的先锋从来就不只是一种姿态

看格非的《月落荒寺》

我是在最近一次南方之旅的往返天空中读完格非的长篇新作《月落荒寺》的,总计耗时不过六个钟点,留下的第一印象就是格非的这部新长篇并不长,且可读性强。而正在此时,突然想起好像在什么地方看到格非在一次接受采访时说过这部作品要慢点读之类的话。上网一查,果然如此,谈到这部长篇新作时,格非自称在作品中"安排了许多埋伏,花了许多心思,希望大家慢慢读"。

坦率地说,仅就阅读而言,速度的快慢并不是完全由自己的主观意识所能够操控的,有的作品想快读也快不起来,有的作品则很自然地能一口气阅读下来。总体来说,格非在二十世纪的作品大抵属前者,而在二十一世纪的作品则多是后者。

作为二十世纪八十年代中期出道的先锋作家之一,格非那时的作品多以善于设置叙述的圈套为特色，经过一段时间的创作"静寂"而至本世纪复出后，他的"画风"看上去的确发生了不小的变化，而其中一个最明显的地方就是其作品好看了许多，于是就有论者据此断言：格非的写作不再先锋。对此，我想说的是所谓"先锋"的特征本来就不该单单只是艺术形式的"陌生化"，更重要的恐怕还在于作家对这个世界和人的认识如何以及怎样找到与之相匹配的表现方式。而从这个角度来看《月落荒寺》，应该说格非的创作其先锋性一如既往，所不同的只是被裹藏在"可读性"的外套中了。

作品以位于北京五道口的某大学哲学老师林宜生和他的朋友圈为中心，这个"圈子"的成员包括告别新闻界而进入艺术策展界的商人周德坤陈渺儿夫妇，因心脏病猝死的查海立赵蓉蓉夫妇，仕途受阻先后沉溺于书法、茶道和佛经的官员李治基曾静夫妇以及骨灰级发烧友、《天籁》杂志总编辑兼乐评人杨庆棠；而叙事的展开则大致为三条线索的交叉呈现：一是这个"朋友圈"的生存世相，折射出一类知识分子在当下现实社会中的精神状态；二是林宜生和楚云之间的关系，从若即若离到终了的天各一方所呈现的是现实生活和可能生活之间的关联；三是林宜生与伯远的父子亲情从隔阂到调和与和解的过程，传递的是代际间的矛盾与平衡。

然而，尽管无论是林宜生朋友圈中的每一个个体，还是三条叙事线索的合逻辑展开，人物都是实实在在的，情节也同样实实在在，有悬念有释疑，有缘由有结局，但作品读下来的整体感觉却又是程度不同地令人发蒙，貌似平凡的日常交往背后所隐秘在深处的人物关系远不似呈现在面上的那么简单，一种挥之不去摆脱不掉的缥缈感萦绕始终。

先看林宜生和他的朋友圈。论社会地位，说他们大都是广义上的知识分子不会有错，论经济地位，至少也是进入了中产。然而，就是这样一群名利兼收的知识分子在作品中呈现出的精神与生命状态则更多的是一种虚无感，他们不再是那种兼济天下以家国为己任的历史进程参与者，要么是主动迎合，成为商业和时尚的附庸，要么是自觉边缘化，在社会转型的现实中溜边而行。这个"圈子"颇有些像海德格尔在《存在与时间》中所定义的那种"无此人"，看上去他们都"活着"，但又只是像符号那样在生活中游荡，感受不到真实的"存在"。再看作品另外两条叙事线。林宜生的感情历程中，一面是以自由之名而分道扬镳远赴异国的发妻白薇，一面是在落单时恰如其分地出现在生命中但却又匆匆离去的神秘女子楚云；而在他的亲情中，儿子与他看似从隔阂走向了和解，但最终依旧还是自己孑然一身，踽踽独行。整部作品呈现出的生活和人事看似琐碎真实，实则缥缈虚无，倒是与此相伴而行的月光、音乐虽看似虚幻神秘，却又真实而可感。我想作品整体上的这种强烈的差异与错位或许就是格非的"花了很多心思""安排了很多埋伏"之所在吧。

有必要说一下这部作品的命名——"月落荒寺"。作品开篇虽未直接出现这四个字样，但却有与之相近的意境，那就是四月初的一个下午，林宜生和楚云从楼上下来，准备去马路对面那家坐落在桐花初开的树林里、幽静而略显荒僻的茶社饮茶。茶社以《法华经》中四大祥瑞之一的"曼珠沙华"命名，也被称作彼岸花，这就有点禅意有点空灵有点意境了。直到作品第十小节林宜生的朋友圈小聚时谈到德彪西的《意象集2》中那首表现月光的曲子中文到底该如何翻译？"月落荒寺"四个大字方才正式出场。从"曼珠沙华"到"月落荒寺"，两个意象的相似度甚高，那就是一种浓郁的缥缈氛围。而这样一种氛围的营造或许又得益于中文的魅力。关于这一点，如果将德彪西《意象集2》中那首表现月光的曲子直译为"月光洒落在荒芜的神庙上"，其语感或许就没有那么强烈。从这样的选择与构思中或许也可以窥见出格非创作这部小说的某些用心吧。

经过这样一番粗线条的梳理，似乎可以对格非的这部长篇新作做点小结了。首先，《月落荒寺》的确具有可读性。不仅人物形象鲜活，更有通过悬念设置来推动情节的发展，加之这些悬念又是和人物命运息息相关，想慢点读都难。其次，作品的好看与否和作品是否先锋无关。过去我们对所谓的"先锋"作家与作品的认识和判断更多地都只是停留在作品的形式外表，仿佛越是不好读的作品就越是先锋，现在看来这其实是对所谓"先锋"的一种肤浅理解，姿态的先锋还是意识的先锋更是我们判断一部作品是否具有先锋品格的重要的分水岭。第三，《月落荒寺》采用的固然是现实主义笔法，但作品所提出和思考的问题无疑都是当下社会正在遭遇或将要面临的重要问题，以这样具有某种现代性和前沿性的问题意识为主导再辅以相应的艺术表现形式当是一种更完整更名副其实的先锋。最后，说到底所谓"先锋"与否终究都是人为地贴在作家和作品上的一种标签，而一部作品的特点与优劣则肯定不是由这些个标签所能决定，关键还在于它能否走心入心，从这个意义上讲，读《月落荒寺》，心动的可能当是大概率的选项。

2019 年 10 月于北京

活着，但要记住

看邓一光的《人，或所有的士兵》

终于断断续续地读完了邓一光这部长达七十七万字的长篇小说新作《人，或所有的士兵》，心情恰如这部新作的物质外观：厚厚的、沉沉的，还有那么点闷闷的……

作为作家的邓一光有一个为人所熟知的标识便是"最会写军人"，他的《我是太阳》《父亲是个兵》《我是我的神》等作品就是这种标识的佐证，在他笔下，其军人无不充满英雄豪气阳刚之美。这次的新作《人，或所有的士兵》甫一面世，媒体同样将其定义为"战争小说"，仅就题材而言，这样定义亦无不可。有战争自然就免不了会有军人，但这部《人，或所有的士兵》与邓一光以往小说中的军人形象相比则颇多颠覆。当然远不仅是人物，在选材、结构和思想深度等多个维度这部新作都对中国当代文学做出了全新的奉献。

《人，或所有的士兵》讲述的是"二战"时期一段鲜为人知的往事。1941年12月8日，就在日军偷袭珍珠港几个小时后又对香港发动了突袭。由多国部队组成的香港守军经过十八天的抵抗，在付出了惨重的伤亡代价后宣布投降。中华民国第7战区兵站总监部中尉军需官郁漱石不幸被日军俘虏，在位于燊岛丛林中的D战俘营度过三年零八个月的非人生活。作品没有正面表现这场战争，而是以战后国民政府军事法庭庭审郁漱石为轴线，从多人多视角的叙事展开。围绕着被告郁漱石、审判官封侯尉、律师冼宗白、郁漱石的养母尹云英、上司梅长治、李明渊、战俘营次官矢尺大介、战俘营的战友亚伦等人的供词、陈述和证言等不同视角的陈述与笔录，逐渐呈现出两条清晰的线索：一为郁漱石日本留学、美国工作及回国参军后卷入香港战役并最终被俘的人生历程；一为D战俘营三年八个月的囚徒生活。书中有历史人物，诸如郁漱石与萧红、张爱玲等历史名流的交集，也有虚构的人物；有历史事件，是许多重大事件的见证者，也有虚构的情节，细到每一天的气候变化，每一颗子弹的轨迹呈现，广及对国家、时局、战争与人类命运的思考。为了这部作品的写作，邓一光多次进出香港，爬梳各种图文史料上千万字，并从各国图书馆收集整理了上百G的视频素材。面对这样一部厚重之作，可以解读的角度自然不会少，但尤以如下两个特色格外突出。

《人，或所有的士兵》虽以为期十八天的香港保卫战为故事的整体背景，但这场战争在邓一光的笔下被处理成既不局限于中日两国也不受制于英日双边，而是将其作为整个第二次世界大战的一部分，与其说这部作品就是"二战"的浓缩版不如说作品具有一种国际视野更为确切。而这样一种主观设计极强的国际视野在我国的当代文学中是十分有意义的。众所周知，八年浴血抗战是我国当代文学创作中的一个热门题材，但我们过往以此为题材的小说虽也有少量涉及域外者，诸如滇缅远征军、陈纳德将军的"飞虎队"等，但更多的则是孤立地表现本土战场，无论是正面战场还是敌后游击莫不如是。不是说这样的选材处理有多大的问题，但如果一概如此也的确会带来一些局限。从知识层面而言，仿佛我国八年的抗日战争仅仅只是中日两国间的孤立事件而与整个世界的反法西斯战争没什么关系；从认识论的角度而言，如此孤立地处理抗战题材既不能完整还原日本侵略中国的战略意图也无法充分认识我国八年抗战的国际贡献与世界价值。俗话说，视野决定格局、格局影响深度。如果说我国当代文学中的抗战小说还未出现"高峰"之作，其视野与格局的局限就不能不说是其重要原因之一，而从这个维度再来审视《人，或所有的士兵》便不难见出这部作品的与众不同。作品看上去只是取材于那场只有十八天的香港保卫战，但作品中对美国在日本侵华战争开始时的骑墙态度、国民党上下得知日本发动珍珠港偷袭后的窃喜以及丘吉尔宁愿将香港拱手陷入日军之手也不同意中国军队进入等细节的状写，莫不大大加深了这部作品的厚度，它厚就厚在作者对战争的认识进入到哲学的高度，站在整个人类的角度来反思战争、祈祷和平，从而使读者对历史、对未来与责任有了新的思考，收获新的启迪。

与邓一光以往长篇战争小说中出现的那种阳刚威武的军人形象不同，《人，或所有的士兵》的主角儿郁漱石虽是军人但也是军人中的战俘，在他身上表现出更多的是软弱——对父亲训导的百般恭顺、对长官训斥的唯唯诺诺、对日军看护的噤若寒蝉；而且作品中不仅只有郁漱石这样一个战俘，还有在燊岛上那一群各种肤色战俘的沉重步履和失去希望如死灰般的木讷表情。说起来，在世界文学谱系中，战俘以及战俘营的生活本就是作家们创作取材的一座富矿，也出现了诸如《黑狱枭雄》《大偷袭》《第五屠宰场》《极地重生》《一个被追捕了四十年的战俘》等许许多多脍炙人口的作品。但在中国当代文学的历史上集中状写战俘营的小说则甚少。这是因为长期以来在我们的观念中，军人的形象更多地被固化：要么上阵杀敌要么血洒疆场，宁愿站着死绝不跪着生，被俘就是一种耻辱。而这样一种观念固化的结果必然导致本该注重个性的军人形象塑造变成了一种工业化的制式生产。于是，形象的脸谱化乃至神剧化也就成为司空见惯的写作习俗。与此形成鲜明对照：邓一光的这部《人，或所有的士兵》以一座战俘营为二战的一个缩影，在汉语写作的战争小说中这当然富于创造性，这不仅是作者勇气的一种体现，更是为邓一光对战争与人关系思考的深度所决定。

在邓一光笔下：郁漱石固然是俘虏，但还谈不上背叛；他时有苟且，但从不出卖同伴；看上去软弱，但又常以一种"自虐"的方式为难友争取着微薄的权益……在作品中，邓一光丝毫没有在精神层面上主观肆意地拔高战俘的精神意志，而只是符合逻辑地去想象处于长期极度饥饿和高度恐惧环境中的不同个体会何所思何所为。于是，在郁漱石身上，我们更多地看到的是恐惧，从一种恐惧到另一种恐惧，他作为正常人的生活感官已被战争切割得体无完肤，就像是战争机器制造的一个社会残次品。

行文至此，似乎可以为《人，或所有的士兵》写下一段概括性的文字了：这部作品与其说是一部战俘题材的小说，不如说是一部在残酷而真实的极端环境中直面人性深处的沉思录。作者通过香港保卫战营造了一种极端环境，进而由此充分挖掘

"人"、解剖人性。小说显然不同于一般意义上的战争题材，超越了习见的家国天下和道德思维，其通过战争来解剖人性、思考人类文明的深度难能可贵，无疑是中国当代战争文学的新收获。如果硬要说还有什么不尽如人意的话，那就是作品的确还存有进一步凝练的空间。

2019 年 11 月于北京

一部向死而生的安魂曲

看阿来的《云中记》

十年前的"5·12 汶川大地震"时，我恰在离那里一百来公里的地方带着一个百余人的团队在做一套大型丛书的营销推广活动，虽没有亲历那地裂山摇的惊恐，但对大地强烈的晃动则是有了真真切切的体验，团队中也有被砸破了脑壳划伤了脚的。至今我还清晰地记得：当时身为四川省作协主席也是人民文学出版社的好朋友阿来在震后第一时间就赶过来安抚我们，而到了 5 月 13 日傍晚，他再次来到我们的住地，在看望的同时神色凝重地告知：因明天就要自驾进灾区救灾而没法陪伴我们了，于是只能互道珍重而依依惜别；两周后，阿来应我们之邀出现在北京西单图书大厦，参加了由人民文学出版社在那里组织的部分作家义卖赈灾活动。

再往后，以"5·12 汶川大地震"为题材的文学作品如雨后春笋般涌现，而阿来这个四川的作协主席竟始终"缺席"。直到十年后的"5·12"，阿来才为《云中记》正式开笔。在谈到何以如此时，阿来直言："我宁愿写不出来一辈子烂在肚子里，也不会用轻薄的方式处理这个题材""因为这作品如果没有写好，既是对地震中遭受灾难的死伤者的不尊重甚至是冒犯，也对不起灾后幸存的人"。由此我们是否可以这样认定：阿来此前为"5·12汶川大地震"所做的种种只是在尽一个公民所承担的社会义务，而直到这部长篇小说《云中记》的面世，才是终于完成了自己作为一位优秀作家而为此承担的文学责任。

据阿来自己裁定，这部《云中记》就是他"目前最高水准的小说"。既然如此，我也无妨坦陈自己的阅读感受。面对阿来这样一位认真严谨的作家，读他的新作，尽管每次都会在某一方面有所悟有所思，但这次读《云中记》所带来的情感与理性的冲击则是多方位的，无论是构思的精巧与严密还是情感的充沛与控制抑或是哲思的穿透与扎实都着实令人心动，这又谈何容易？

与"5·12汶川大地震"后随即陆续出现的诸多以此为题材的文学作品不同，《云中记》则是一直到距离这次人类大灾难十周年后方才落笔。这样的时间差直接决定了阿来笔下的"5·12汶川大地震"只能是历时性的回溯而不可能是共时态的追记，因此如何回溯、怎样结构就成了直接关系到这部作品成败极为重要的一个因素。于是，在《云中记》中我们看到了阿来的智慧：处于震中的云中村在震后因其继续面临着次生灾害的巨大威胁，已不具备原址重建的必需条件。为此，云中村的幸存者们不得不背井离乡，整体搬迁到政府在山下新建的移民村集体安置。然而，四年后，一个人、两匹马重新回到虽空无一人却充满大自然生机的村落，这个人就是云中村的非物质文化遗产传承人——祭司阿巴。回村前，阿巴对移民村的乡亲们说："你们在这里好好过活，我是云中村的祭师，我要回去敬奉祖先，我要回去照顾鬼魂。我不要任他们在田野里飘来飘去，却找不到一个活人给他们安慰。"再往后，阿巴更是坚决地对自己的外甥也是乡长的仁钦说："我也要跟你分个工。乡长管活的乡亲，我是祭师，死去的人我管。我不要有那么多牵挂。"在我看来，正是这样以此为轴心搭起的历时性结构至少比那种共时性的追述具有以下几点优势：一是阿巴在云中村的这一去一返使得作品对那场大灾难的回溯十分真切与自如；二是叙述的空间与传递的信息被大大拓展，在历时性回溯的同时还自然带入了共时性的叙述，于是，灾后的重建以及重建过程中的种种感动与变异同时得以呈现；三是阿巴这个人物的特殊角色和传奇经历决定了作品不可避免地引发对有关人与自然、有关生命、有关生存与死亡这些人生终极问题的思考。

阿来之所以没有在第一时间以"5·12汶川大地震"为题材进行创作，除去有些问题"没有想得很清楚"外，还有一个重要原因就是担心自己因"情绪失控"而导致"没有节制的表达"。正是由于这种清醒，《云中记》总体上呈现出的确是一种平静的叙述和克制的笔触，但这并不妨碍这部作品情感的充沛，好几处的描写读起来催人泪下。比如乡长仁钦因默许自己的舅舅阿巴回到云中村而遭到县里停职反省的处理，比如在大地震中失去了一条腿却又偏爱跳舞的央金姑娘回到云中村的种种表现，比如云中村大限来临之前阿巴的慷慨赴死、央金姑娘回到移民村、仁钦乡长面对隆隆滑坡体的内心活动……在这些场景的处理上，阿来的文字并不煽情，整个叙述调性平静而克制，但阅读体验则要么是怦然心动，要么是潸然泪下。我想这或许就是因阿来对整个场景设置的合理性以及相关情节的铺陈到位而瓜熟蒂落水到渠成的必然反应吧。

大地震、祭司，这种特定的场景、特定的人物角色，必然会触及人类与自然、生存与死亡这类世界共同面临的终极问题。当然也可以说，面对"5·12汶川大地震"如此惨烈的现实，文学除去讴歌灾区民众的顽强、抗震志士的英勇和全国人民的爱心外，是否还有值得进一步思索与挖掘的内容？而正是这样的问题苦苦萦绕了阿来十年，直到他有所心得有所感悟才刻意营造了这样的场景和这样的人物。而无论是哪种情形，《云中记》中所呈现出的对这些问题的思考则无疑是十分个性和极为深沉的。关于人类与自然，作品清晰地呈现出了这样一种逻辑：自然为人类的生存提供了各种不同的庇护和资源，但它一旦发"神经"，人类就将面临灾难。因此，只要人类在这片大地上生存，那么在尽情享受自然恩赐的同时就必须承受它说不清什么时候就会发作的"神经"。人类提倡"环保"，固然可能减少大自然"神经"发作的频次，但却无法从根本上抑制它。看上去这是一种消极的宿命论，但又何尝不是对自然规律的一种冷静而清醒的认识呢？而关于生存与死亡，《云中记》将对这个问题的思考全部灌注在对阿巴这个特定人物的塑造上。这是一个"死"过两次的奇人，第一次面对"死"，身为电站管理员的他竟然奇迹般地生还，只不过一时失去了记忆；而第二次，阿巴则是面对被大自然击倒的众多亡灵以祭师的特定身份主动选择死亡。作品中呈现出阿巴的行为逻辑就是：活着的乡亲们有政府管，而那些死去的人我是祭师我就要管。于是，出于对家乡的眷念和对亡灵的关爱，阿巴毅然离开移民村孑然一身回到云中村与亡灵们相伴，在自己的行动中思考和悟透了生死，参透了其中的关系与秘密，于是面对自己最终的结局,阿巴的内心如此平静、行为那般淡定,这种向死而生的选择堪称进入了一种伟大的境界。姑且不论阿来这种思考的是非曲直,但称其为独特而深沉则绝对恰如其分。

  一部《云中记》,地震、记忆、人心、自然、生命……一曲《安魂曲》,肃穆、沉重、庄严、壮丽、升华……这就是阿来在其长篇小说新作《云中记》中呈现出的多声部多色调。阿来说"这次写作其实就是记录一段我与那些受难的人们、小说中的人们共同的经历,记录我们共同的沉痛的记忆",而我们则从这段记录中获得了超越记忆之外的更多更多。

2019 年 12 月于北京

穿透哀婉　撕碎优雅
看蒋韵的《你好，安娜》

蒋韵的长篇小说新作《你好，安娜》，故事好看：关乎爱情，关乎承诺，关乎自我救赎。

故事将时光拉回到四十多年前，一位名叫彭承畴的天资青年突然出现，使得安娜、三美和素心三个闺蜜间原本宁静、单纯与美好的关系出现了某种微妙的变化，一丝嫌隙渐渐撕裂成一出悲剧，从此，三人间生离死别、天各一方，踏上了一条漫长的自我惩罚与自我救赎之旅。而酿成这一切的秘密全都藏在一本黑色羊皮的笔记本中，直到四十年后，当素心、三美和彭承畴重逢时，那场被隐藏在悲剧后的真相才昭然若揭。

友情、爱情、命运、悲剧、悬念……作为好看小说的诸要素全都聚合在一起，《你好，安娜》想不好看都难。再加上蒋韵所擅长的落笔运墨优雅且营造出一种浓浓的哀婉氛围，这就使得即便是在整体贫困背景中发生的故事也依然呈现出一种淡淡的高贵气。凡此种种，都为《你好，安娜》打上了鲜明的艺术个性烙印。

然而，《你好，安娜》的独特性与价值还远不止于此。氛围哀婉还不够，必须要进一步穿透；笔墨优雅也不成，还得残酷地撕碎。

所谓"穿透"，其对象是整体、是时代。《你好，安娜》的故事主体虽发生在二十世纪六七十年代，但蒋韵的笔触却一直往前穿透到五十年代，这尤以安娜的家庭为代表。这个名叫安娜的小女子，其姐叫丽莎、其弟叫伊凡，如果不是其父早逝，他们最小的妹妹就该叫阿霞了。如此明显的标识很容易将读者的好奇引导到其家庭与俄罗斯有何联系的方向。果不其然，这个家庭的男主人就是在大学从事苏俄文学教学与研究的一位教师，尤以喜欢屠格涅夫为甚，两个女儿的名字就是来自这位文学巨匠的小说。丽莎取自《贵族之家》，安娜也并非是来自托翁，而是取自《处女地》中的玛丽安娜。而当第四个孩子还在孕育之际，中国发生了一件大事，那是1957年，这位教苏俄文学的老师受到此事波及，被划为"右倾"而下放到水库工地上劳动，在这个过程中死于一场中毒性痢疾，于是他那从未谋面的小女儿之名也就变成了多多，其实还是带有苏俄味，即

"多余人"的多。这场突如其来的变故使得这个家庭的未亡人将先生的书,包括那些个小说诗歌统统卖给了废品收购站,并由此畏惧一切文字。这个女人也是母亲发誓:她要自己的女儿,这些没有了父亲的孩子安全地长大。然而,事与愿违,两个女儿丽莎和安娜都先后偏离了自己设定的轨道,而导致她们不安全的原因恰是这位母亲设置禁区的结果。至于小说中引发冲突的"祸根"——那个天资少年彭承畴的亲生父母则是在六十年代那场浩劫中双双自尽,于是,他唯一的姑姑在自己生命的最后时刻才不得不将这个不幸的侄儿托孤给自己的"闺蜜"——素心的妈妈。绕了这一大圈,无非是想说明,如果没有二十世纪五六十年代长辈们遭遇的不幸,也就没有安娜、素心和三美这三个闺蜜和那个天资青年"彭"之间的纠结,如果不是安娜之母因其先生命运而导致的对一切文字的恐惧,也就没有安娜不得不将"彭"暂存自己处的那个笔记本临时交给素心保存这个引发冲突的"眼"。这样一来,在蒋韵的笔下,几个青年的命运就被穿透到他们的上一辈,个体的遭遇随之穿透到时代的命运。这样的结果必然使得作品的厚度大大地被掘深——个人从来就不是一个孤立的存在,时代从来也不是一幅纯装饰的背景,在个人与时代之间也可以说在时代与个人间总是会存在着种种直接或间接、必然或偶然、紧密与松散的联系或关系，剪不断、理还乱，大概率的规律当是时代兴则个体旺，时代衰则个体殃。从这个意义上讲，每一个个体即便从利己立场出发也应该为自己所处的时代多积德少积怨。

所谓"撕碎"，其对象是个体，是人性。优雅与高贵的确是蒋韵创作的显著特征之一，在《你好，安娜》中，文字是优雅的，叙述是优雅的，三个闺蜜间的关系虽"暗藏杀机"，但公开场所彼此间的举手投足、一笑一颦也是优雅的。但这只是作品呈现出的一方面，另一方面，蒋韵通过在时代与人性间的穿透，因而获得了从历史的视野和人性的深度来达成对灵魂的持续拷问。无论是素心从对"爱"的信仰到对"罪"的背负，还是三美内心的沮丧和悲凉，以及彼此背负十字架的殊途同归，莫不指向人的精神境界和灵魂深处。看上去，串起作品始终的是为爱而牺牲、为爱而欺骗、为爱而隐瞒、为爱而嫉妒、为爱而救赎，但骨子里又何尝不是人性中的私与妒在那里作祟，最终呈现出的是生活的无限可能、爱的无限多样和人性的无限丰富。这样的故事走向、这样的人物命运，想象中阅读的感受本该是令人窒息、令人压抑，但实际过程却又不完全如此。作品仿佛有一束光始终高悬在远方，仿佛在考验着人们特别是罪孽深重的人是否还有可能接近它，而作品的结局似乎提供了这样一个答案：在经历了自我惩罚与自我救赎的漫漫跋涉之旅后，精神的彼岸也未必不可能抵达。

　　说实话，我不知道自己对蒋韵这部长篇《你好，安娜》的解读是否"靠谱"，但可以肯定的是，本人的上述解读远不如作品本身的流畅与可读。这样的结果除了说明笔者的无能之外，也从另一个侧面说明了蒋韵创作的圆润与本事。一个好看的故事，几个年轻人跌宕的命运在蒋韵的笔下不动声色地、圆润地融入了她对时代、对人性、对灵魂以及对人生的拷问与思索，将形象与追问结合得如此自然而不生硬是一种本事，寓哲思于文学而如此的柔软贴切更是一种功夫。这样的收获于我们的文学而言，其意义就应该远大于提供一个好看的故事和流畅的文本了吧。

2020 年 1 月于北京

附 录

阅读其实并不复杂

我曾经在一则短文中将阅读的本质视为"一种私人化的、个体性的选择与行为，无论是读还是不读、读这还是读那，莫不如是"。迄今为止，自己的这种看法并未发生改变，正是在这个基础上，我从来也没有将阅读视为一件复杂的事。

回想起来，我个人的阅读史就是十分简单的"我的阅读我做主"，当然也会有出于好奇而从众、出于被要求而阅读的时刻，但最终的决定权终究都是我自己。撇开那些高大上的抽象道理不论，自己阅读的动力也很简单，无非就是有目的和无目的两种：所谓有目的说白了就是为实用为达到一个具体的目标而阅读，比如为了获取某种知识、为了一场考试的过关、为了一篇论文的完成、为了工作的职业阅读如此等等；而无目的则全然就是随性而为，有了闲暇时光，随手操起一本书来翻翻，看得下去就看，吸引力强就多看，甚至不惜废寝忘食，看不下去翻上几页就置之一旁，如果觉得这书太滥也会干脆将书置于待处置的废纸堆中。有鉴于这种个人经验，我甚至武断地推测：一个真正读书人阅读的动力恐怕都不过如此。久而久之，于一部分人而言，这阅读就成了他的一种生活习惯，极端者也会发展为一种癖好。

阅读就是一件如此简单的事，其实并不复杂。

然而，就是这样一件简单的事现在似乎变得复杂起来，以至于复杂得竟成为全社会关注的焦点之一。于是乎，各种为阅读而组织的活动琳琅满目、形式五花八门，有设置不同主题的，有集中一定时间的，最终可能还要上升到国家立法这样的高度。可见我说阅读这样一件简单的事现在似乎变得复杂起来也并非空穴来风。

其实，我完全理解那些为阅读而操劳者的苦衷与用心，也万分敬佩其奉献与智慧。他们为促进阅读而殚精竭虑的动力其实只有一个：那就是千方百计地提升全民阅读率，这话当然也可以反过来说亦即为当下全民阅读率的下滑而焦虑。

我们当下的全民阅读率与世界发达国家甚至与一些发展中国家相比不高这是不争的事实；而我们的全民阅读率现在到底是升还是降则存有不同的看法。而在我看来，我们的全民阅读率低于世界先进水平的原因恐怕还是一个社会的综合因素之使然，不好一言以蔽之，正如同我们的 GDP 总量已经是全球第二，但一人均就无语一样。至于当下的全民阅读率到底是升还是降则至少要明确两个标准：首先是比较的时点即什么时间和什么时间比，其次是对阅读概念的界定即是作狭义还是宽泛的理解，包括介质与范围都有一个窄与宽的区别，比如是限于纸介还是包括数媒？比如是限于出版物还是再宽一些？事实上我们现在有些人对阅读的理解早就宽到了无边的份上，单是"阅读社会""阅读人生"这样的华丽表述您说它的边界究竟在哪儿？包括现在看体育比赛的实况直播，我们也时常可听到解说员在评价某位教练或队员时会吐出"阅读"比赛的能力如何如何这样的"高大上"点评，如果连这样一种娱乐竞技都"阅读"了，您说我们的全民阅读率还能低到哪去？由此可见，我们在讨论阅读问题时还是作简单处理为好，还是回到阅读的本质上去言说为妥。

从我所理解的阅读其本质就是"一种私人化的、个体性的选择与行为"这个角度看，现在影响读书人阅读、将阅读这件并不复杂的事情复杂化的两大因素莫过于一是滥书太多。且不说劣币驱逐良币，单是读书人对读物的选择就要无端地耗费好多时间，每年以品种数的增长来彰显出版业绩的出版 GDP 崇拜早该休矣。二是有关阅读的外围声音也太多。就对真正的读书人的吸引而言，能够对引导阅读产生能量者其实只有"内容"二字：某本读物写了什么、怎么写的、优在何处、劣在哪里……可以见仁见智，但就是不能没有内容。以此标准再来看看现在流行的一些有关阅读的声音，说方法、说意义、说措施、说每年发表的字数、说"码字者"中的"富豪榜"……什么都说就是不说内容，这些空话套话不仅将简单的问题复杂化浅表化，能有多少作用天晓得。而更有甚者，倡导阅读者如果始终不涉及内容真不能不令人怀疑：这些发声者自己到底读不读书？倘真如此，那才是对阅读最大的讽刺。

曾经听过一副对子，内容为"移动改变生活，阅读改变命运"。上联是中国移动的广告语，此言倒是一点也不虚，移动互联网的兴起正在而且还将越来越广泛地改变人们的生活，单是一个无厘头的"光棍节"就把数以千万计的消费者扰得躁动不已，这背后显然就是移动的力量。至于下联阅读能否改变命运似乎不大容易说清。不过，如同阅读其实并不复杂一样，推广阅读同样也可以简单一些，从这个角度看我倒是欣赏"阅读改变命运"这样简单的推广，至于能否改变，爱信不信，但有一点我肯定信：当下社会图实惠者居多，将阅读上升到了改变命运的高度总会有人相信。打个很不恰当的比喻：阅读也如同吸毒，一旦沾上，戒也难！

安静的阅读

当居然需要为阅读而鼓与呼，这个社会是有问题的；

当读书变得嘈嘈杂杂，这样的阅读是有问题的；

当深度阅读近乎成为一种奢侈品，这个时代是有问题的。

回想起来，我的青少年时光有十年是伴随着浩劫年代度过的，即使是在那个文化短缺、读书无用之风弥漫盛行的荒唐时代，没有任何号召，更谈不上什么强求，我和我的小伙伴们依然是削尖脑袋挖空心思地找书看，哪怕是没头没尾不知书名为何的残书破书也照样如饥似渴地争相传看；

回想起来，我们那时候只要找到可看之书，立即就是躲进小楼成一统废寝忘食起来，时光倒错、昏天黑地是常态，无论平日里如何淘气，到了那个时刻就只剩下两个字儿：安静。

忆往事绝无今不如昔之叹，而只是想说阅读本是正常人的一种生活方式；安静的读书本是阅读的常态和最有效的汲取。

安静之美其实何止于阅读。仔细想想：人生最美好的境界又何尝不是丰富的安静？只是这又谈何容易。莎士比亚曾经对那种张扬的生命状态发出过这样的嘲讽："充满了声音和狂热，里面空无一物。"摆脱了尘世间虚名浮利的诱惑才有可能静得下来，而拥有了心灵与情感的宝藏才可谓之丰富。步入这样的境界需要人生的历练和阅读的滋养；而这种滋养最大限度的汲取唯有安静的阅读。

阅读本质上就是个人最为私密的行为之一，如同饮食男女，他人无法替代。当你打开一本本不同的书籍，就如同进入了一座座不同的城堡，远离尘世间的喧哗与躁动，安静下来你就是这些城堡中的君主，外人无法进入，唯有书中的人物供你调遣、书中的声音供你倾听、书中的思想任你评判，一页一世界、一书一宇宙。有了这样的安静，阅读才能直面本心、读出本我，在宁谧与安静中，独享这份书香。

阅读本质上还是一次次的邂逅、一次次的交锋和一次次的对话。安静下来打开一本书，千年的先贤怪才、今世的凡夫俗子都可能与你不期而遇，你可以与之窃窃私语、唇枪舌剑也无妨；安静下来打开一本书，春光扑面、秋风撩人、山色湖光、人间百态，闲庭信步，好不逍遥；安静下来打开一本书，头脑风暴、灵魂荡涤、情感唏嘘，纷至沓来。如此往复循环，每当你合上一本书，你就不再是开卷时的你自己，如同人不能两次踏入同一条河流，人也不能两次打开同一本书。

在这样安静的阅读中君临大地、邂逅人世，阅读就会上瘾，成瘾本身就是一种生活方式，而这样的生活方式才是真正意义上的"高大上"。

安静的阅读首先是一种状态。这样的状态与读什么无关，所谓"开卷有益"、所谓"博览群书"、所谓"书中自有黄金屋、书中自有颜如玉"与安静的阅读从来都不是矛盾的对立；这样的状态与阅读的工具和媒介无关，无论是纸介还是数媒，无论是整体还是碎片。读总比不读好，读什么总比什么都不读好。

安静的阅读更是一种境界。这种境界的抵达自然需要时间，一旦抵达了，读什么、如何读的问题自然就会迎刃而解。什么当快读、什么当慢读？什么可不读、什么必须读？诸如此类的问号届时都会在不知不觉中烟消云散。

安静的阅读与安静的研究、安静的写作和安静的出版从来都是互为表里、相得益彰。这一切从来就不是热闹与风光所能成就，安静下来研究、安静下来写作、安静下来出版，才有可能诞生好读物，而安静下来阅读才能品味出读物之好，鲜花与礼炮、金钱与地位永远换不来好的读物与美的阅读。社会可以热热闹闹地为阅读创造条件、营造氛围,社会可以轰轰烈烈地倡导以阅读为荣、不阅读为耻的风尚,但社会之于阅读所能发挥的任何作用终究都只能是外力,并不能改变阅读终究是个体行为与选择的本质;社会为阅读所做的一切热热闹闹与轰轰烈烈都是为了回归最终的安静。

会有那样的未来吗?人类的文明不再需要通过阅读去延续和传承,人类的智慧不再需要阅读去积累与丰富,如果真有如此时刻,那也一定是由人类生生不息的阅读所换来,而在那一刻来临之前,阅读不死,安静的阅读永存。

静下来、读进去,快乐与幸福长相随。

读不读？读什么？

1. 在我的理解中，更愿意将阅读的本质视为一种私人化的、个体性的选择与行为，无论是读还是不读、读这还是读那，莫不如是。至少我个人的阅读史就是"我的阅读我做主"，当然也会有出于好奇出于被要求而从众的时刻，但最终的决定权终究还是我自己。

2. 社会之于阅读终究只是一种外力，她尽可以打造一种环境、营造一种氛围、形成一种推动，却终不能决定个人阅读的行为与选择。

3. 无论社会发生怎样天翻地覆的变化，促使个人阅读的三种驱动力总是挥之不去的：一是消遣，说不上具体的目的，就是用阅读来打发时光；二是实用，为获取某种知识或信息而读；三则是高端大气上档次了，陶冶情操、净化心灵、丰满精神。三种驱动力的持续，阅读将润物无声地演化成个人的一种习惯、一种生活方式，这就是阅读的最高境界。一旦抵达这样的仙境，有关阅读的噪声无论如何刺耳，皆尽可以"任凭风浪起，稳坐钓鱼船"了。

4．读什么？归根结底是由个人需求和趣味喜好所决定。社会可以引导，专家可以荐书，媒体可以炒作，但这一切只是外力，影响力所达之时空有限、能量有限。一时"洛阳纸贵"固然可成为一段段佳话，但空间无限、时光流动、个体差异的法则更是永恒。

5．关于"阅读立法"之举有争议，有的地方已在争议声中开始启动相关程序与试点。这肯定是善意善举，但我想说的还是社会之于阅读所能发挥的作用终究只能是外力，因此，倘要就阅读立法，重点恐应着眼于社会要为阅读配置些什么硬件，比如图书馆的数量、规模、层级、布局与公益性，比如书店在整个商业中的配比量及相关政策优惠，出版企业出版行为的品质保障，荐书者的节操等等。若硬性规定公民一年的阅读量不得少于某某本，你又如何监督？即使你能监督，达不到这个量你又能治他个什么"罪"给他个什么"罚"？

6．有读者率先抱怨自己在这一年中买了若干"最后悔买的书"，于是有跟随者纷纷晒出自己"最后悔买的书"之书单。这个现象无非说明了两点：一是在我们现在年出版四十万种以上的出版物中，一定有不少"李鬼""烂竽"之类混迹其中，"买书需谨慎"并非危言耸听；二是面对年出版四十万种以上的出版物，这本书也许只是你"最后悔的"而非他人的"最后悔"，从这个意义上说，一年有那么一两次"最后悔"也不算啥大事。若要自己的这种"后悔"少一点，就回到本文开门见山的那句话"阅读的本质是一种私人化的、个体性的选择与行为"，换言之也可以说阅读的本质就是一种独立的选择与行为。如果我们的"独立"多一点，相应的"后悔"也应该少一点吧。

7. 有网站评出了"最读不下去"的十种书，包括《红楼梦》《尤利西斯》这样的大牌经典，一时间舆论哗然。其实，类似这种"最读不下去"的书单还可以接着往下开，传统者如托翁的《战争与和平》要读下去也是需要耐心的，现代者如《追忆似水年华》读下去说有天书感也大抵不为过。说白了，就个体而言，某些书"读不下去"本是再正常不过的事儿，但倘将个体的这种"读不下去"简单地转化或暗讽为对那些书的价值判断可就要谨慎了，此时露光者一定不是那些书而是你的"无知与无畏"。

8. 专业的独立书评本是有助于读者阅读的工具之一，但"红包书评"的泛滥坏了它的名声，于是，有人寄望于新媒体书评，那毕竟是公众的自由参与，似乎比花些碎银两拿下几个"伪专家"要困难得多。殊不知现在新媒体上也不那么纯净也，君不见有"水军""书托"之类新行当在上面摇曳不止，同样搞笑者还有对书这种本是高度个性化的精神载体竟然也采用类似宾馆、菜肴那种制式化的星级评价来荐书评书。如此这般书评又岂可信之？靠得住者唯有自己的独立判断，更何况阅读本来就应该是独立的选择与行为。

9．我曾经说过一个称职的出版人首先应该是一个读书人，这话还可以放大一点，只要是与书相关的从业人员特别是担负一定管理责任者首先都应该是一个读书人，至于专家、学者、书评人则更应该是专业的、职业的读书人。这话听起来好像有点多余，但其实就是有感而发，在书业中有多少从业者在自己的一年中读过几本书？又有多少人自己压根就没看过几种书居然还敢就书业在那里说三道四？只有自己认认真真地读书，你才有资格有能力管好书、出好书、荐好书。

10．读不读？读什么？选择的权力就在你自己手中。独立的阅读，独立的选择，独立的评说，这才是阅读之本。你以外的种种有关阅读的人与事总会在社会上产生程度不同的影响，但这种影响一定具有正负两种可能，作何取舍的权利还是在你，在你的独立。

各得其所：阅读的率性与专一

我曾经在一则拙文中写过且迄今依然这样认为：阅读终究是一种私人化、个体性的选择与行为，无论是读还是不读、读这还是读那，莫不如是。至少我个人的阅读史就是"我的阅读我做主"。话虽说得如此铿锵，但仔细想来，即便是在自己的阅读生涯中，"我做主"至少又可细分为两类情况：一是无明确目的或功利的泛读，二自然就是有十分具体目的或功利目标的了，前者我称之为"率性的阅读"，后者呢？如果称其为"功利的阅读"似乎不那么"高大上"，于是姑且将其命名为"专一的阅读"吧。

先说"率性的阅读"。我曾经写过一则题为"职业阅读不好玩"的短文，说的就是本人在人民文学出版社主持工作那些年阅读的事儿。回想那九年多的时间，那些终审稿必须一丝不苟地硬着头皮看下去；为了解竞争对手，同行们推出的重点作品及市场的热点作品也需要浏览；还有文学界那写作的整体概貌同样应该做到心中大体有数……如此这般，自己的阅读至少五分之四的时间都不得不围绕着职业打转转，实在"不好玩"，当时我曾经极端地说"见到稿子就恶心"，以至于到终于卸下社长职务后的好长一段时间内，我都是见了文学作品就绕着走。而与这种围着职业转的阅读所不同的自然就是率性的阅读了，阅读不过是自己生活方式的一种，想看就看，不想看就干别的；想看什么就看什么，看得下去多看几眼，看不下去掷之一旁便是，全凭兴之所至，率性而为，好不优哉乐哉！率性的阅读看似随心所欲，其实不经意间自觉不自觉地也在走心入心。还是以我的文学阅读为例，以前"职业阅读"时，读过的作品自然很多，但简直将文学作品读得"变态"，满脑门琢磨的就是这部作品的市场吃喝点在哪、首印数能有多少之类的商业事儿；现在读文学作品的绝对数虽不及以前，但最近不到一年的时间里，认真看完了的长篇小说就有迟子建的《群山之巅》、贾平凹的《老生》、阎真的《活着之上》、范稳的《吾血吾土》、严歌苓的《护士万红》、艾伟的《南方》、周大新的《曲终人在》、张者的《桃夭》、孙惠芬的《后上塘书》、路内的《慈悲》、关仁山的《日头》以及彭小莲与刘辉合著的《荒漠的旅程》等十余部，这也不算少了，没有了"职业阅读"式的

"压迫"，这些长篇小说读起来虽轻松，但所带给我的艺术享受或遗憾反倒更加强烈与清晰。而同样是在离开了"职业阅读"的时光，曾彦修的《平生六记》、王学典的《监狱琐记》、张曼菱的《西南联大行思录》、游雁凌的《我在〈南方周末〉的日子》、张伯驹的《烟云过眼》、朱家溍的《故宫藏美》、汪家明的《难忘的书与人》、吴建民的《顺势》、马丁·雅克的《当中国统治世界》、罗伯特·谢伟思的《斯大林传》、戴维·罗特科普夫的《美国国家安全委员会内幕》、弗雷德里克·马特尔的《主流》和里奥·汉德尔的《好莱坞如何读懂观众》等一大批的"闲书"才得以走上我的案头，很难说冲着什么去看这些书，也很难说有什么具体收获，但这个过程本身就是一种享受，而且可以肯定其中的某一点说不定啥时候就会蹦出来为我所用，至少会免去一些"书到用时方恨少"的烦恼。

与"率性的阅读"这种随心所欲形成鲜明对比的自然就是"专一的阅读"了。作为社会成员的一分子，人不可能老是随性而为，比如求学、比如工作、比如某件具体的事甚至比如好奇比如从众，都可能导致你不得不去读某一本书或某一类书。这样的阅读骨子里是出于某种功利的需要，而要实现或满足那种功利，就不得不保持阅读的专一，它或许说不上快乐，但却未必不受用。这段时间，还是因为职业的需要，硬着头皮啃下了马化腾等的《互联网+：国家战略行动路线图》和阿里研究院的《互联网+：从IT到DT》，不敢说就此彻底弄明白了"互联网+"的前世今生，但至少不像没读前那样冰川一片了，这就是一种受用。同样是最近因受人之托，还先后阅读了李向东和王增如合著的洋洋五十余万言的《丁玲传》以及卜键所著的洋洋七十余万言的《国之大臣——王鼎与嘉道两朝政治》。前者是我所看过的有关丁玲传记中材料最为翔实的一部，而后者则不仅是王鼎的个人传记，更是一部嘉庆、道光两朝政治史、边疆史、军事史和文化史的总和。如果说受用，则绝非只是知识的扩充，更是坚定了一个信念：真学问和死功夫如影随形，绝非忽悠者所能为之。

学者、出版人在推动全民阅读工程中的角色定位

几年前我曾以《安静的阅读》写过一篇短文，开篇就提出了当时有关阅读的三个问题，即一是当阅读居然需要为之鼓与呼，这个社会是有问题的；二是当读书变得嘈嘈杂杂，这样的阅读是有问题的；三是当深度阅读近乎成为一种奢侈品，这个时代是有问题的。现在时间过去了五六年，这种状况发生了很大的变化，特别是党的十八大以来，以习近平同志为核心的党中央高度重视全民阅读问题，今天我们的全民阅读同样也进入了新时代。我之所以用"新时代"来描述今天的全民阅读，至少有如下几个佐证，即一是 2012 年 11 月"开展全民阅读活动"被正式写入党的十八大的工作报告；二是从 2014 年起，"倡导全民阅读"已连续五年被写入了政府工作报告；三是 2017 年 4 月国务院法制办公布了《全民阅读促进条例》的征求意见稿，全民阅读进入了国家立法的快车道；四是《中华

人民共和国国民经济和社会发展第十三个五年规划》明确要求"推动全民阅读",并将其列为"十三五"时期的重大民生工程之一,全民阅读被提升到国家战略的高度。正是由于党和政府的高度重视,我在几年前所列举过的有关阅读的三个问题都得到了程度不同的解决,我们的全民阅读率逐年提升,虽然有的年头只上升了零点几,但由于我们的人口基数大,所以这个零点几也是不小的量;我们的图书零售市场最近两年也开始出现小幅回升,去年首次突破了八百亿,即使去掉书价上涨的因素,图书的零售量依然呈增长趋势。

如果说过去五年我们重在推动全民阅读,更多的是一种倡导,是一种造势;那么接下来的五年,我们在推动全民阅读时更应该立足于做实做优。在这样一个新的时代新的背景之下,推动全民阅读的立足点和发力点都应该有所不同。如果说五年前可能更需要一种群众运动,那么接下来在推动全民阅读工程做实做优的五年中,恐怕更需要把专业分工放到一个比较重要的位置上。正是在这个意义上,我觉得提出学者、出版人在推动全民阅读工程中的角色定位就是一个十分有意义的话题,也是我今天愿意和大家分享的一个话题。对此,我只讲两点不成熟的想法就教于大家。

首先,学者、出版人应该成为阅读理论的专业阐释者。当下,我们关于读书的时髦话特别多,比如深度阅读、浅阅读、轻阅读、碎片化……读纸、读屏、听书、VR、AR、知识服务、将读者提升为用户……还有各种各样五花八门的推荐书单,上述种种绝非我生造,都是现在关于阅读、关于出版的一些"最新潮"的"成果"展示。但如果我们仔细想想,这些个时尚玩意儿是不是都有些似是而非经不起推敲?比如将读者提升为用户,读者难道就不是用户吗?读者和用户的差异在哪?比如传统出版要由内容提供商向知识服务商转型,那过去的内容提供难道就不是知识服务吗?而现在我们所看到的知识服务又到底是一些什么东西呢?无非是十到二十分钟围绕着某一个小点的视频、音频小课……如果新兴出版就是这样一种出版,那该是多么的单调和乏味!这怎么可能是一种转型方向?代表着一种未来呢?现在一讲知识服务,就是把知识碎片化,然后进行结构化,进行知识点标引,然后用大数据实行精准推送。听起来不错,碎片化很容易,大家都会碎,问题是谁来结构化?怎么结构化?谁来确认知识点?谁来进行标引?你不是那个领域的专家,上哪找知识点,你怎么知道哪些是知识点?还有碎片化、结构化就可以通吃吗?一部文学作品要碎片化干吗?碎片化了还有文学吗?也许未来的人工智能可以写出比现在打油诗稍好一点的诗,但一定写不出千古绝唱的佳作。

正是在这样一种大忽悠的喧嚣声中，的确就更需要我们的专家、出版人对阅读理论做出专业化的阐释，否则对整个社会就会形成一种误导，对全民阅读的深化就是一条歧路。我自己从来就不是一个保守者，更不僵化，但我们一定要清醒地意识到上述种种最多只是阅读的一个点，绝不代表未来，更不代表方向，也否定不了过去。阅读一定是多样的，一定有体系性、专业性、消遣性、实用性等不同的类型，千万不要以点带面，以偏概全。

其次，学者、出版人应该成为阅读行为的专业践行者。如果前五年或者过去更长的时间我们做得比较多的是讲阅读的重要性，接下来我觉得作为专业人士更多的则要专注于如何阅读和具体读了什么？如果今天还在一味地讲阅读的重要性则未免流于单调。我们在讲阅读重要性的时候，经常会引用文艺复兴时期著名作家培根的一句名言："知识就是力量。"其实培根还讲过一句话，即"知识的前提是一个人的谦卑，而非是自豪"。那培根所言的"谦卑"到底是什么？为什么讲知识的前提是一个人的谦卑？我的理解就是一个传播知识的人首先是要老老实实地去获取知识、学习知识。我想，在全民阅读这样一个新时代，作为一个专家，作为一个出版人，我们固然要讲阅读的重要性，但更需要实实在在地和大家一起分享你最近读了什么书？这本书告诉了你什么？坦率地说，每当我听到某些人物滔滔不绝唾沫横飞地在那里大谈读书如何之重要但通篇又听不到一部书名时，我对这样的"布道者"是充满了怀疑和不屑的。

经过党和政府这么多年的艰苦工作，经过各方人士的智慧贡献，我们的全民阅读走到今天，与前些年比发生了很大的变化。接下来，如果要实实在在地继续向前推进，使阅读真正有助于我们的民族，有助于我们的社会，有助于我们的公民，的确就需要我们的专家、出版人在自身的行为上也必须更深一点，更实一点。

让阅读自由地飞翔

在 2018 年的南宁全民阅读大会上,我和大家分享交流的中心话题是"学者、出版人在推动全民阅读工程中的角色定位"。当时之所以选择这个话题是考虑到在推动全民阅读工程做实做优的过程中,更需要把专业分工置于一个重要的位置。而学者、出版人这样一种角色定位在我看来主要应该表现为阅读理论的专业阐释者和阅读行为的专业践行者。

今天我们在这里讨论的中心话题依然是"全民阅读",但我们今天的讨论又有了一个新的精神指引,那就是 2019 年 8 月 21 日,习近平总书记在读者出版集团考察调研时明确指出:人民群众多读书,我们的民族精神就会厚重起来、深邃起来。要提倡多读书,建设书香社会。这是党的十八大以来,以习近平同志为核心的党中央高度重视全民阅读问题的最新成果。党和国家对"全民阅读"的高度重视,既是对出版专业工作者的巨大精神鼓舞，也对我们提出了更高的专业要求。

总书记号召全国人民"多读书"，围绕着这一个"多"字我的学习体会是：一是读书的人要多，即"全民阅读"，二是人读的书要多，即"博览群书"。关于"全民阅读"，过往已经说得很多了，大可不必再加赘述；而关于"博览群书"，说法也不少，而且还开出了不少药方，那本人今天想和大家分享交流的中心话题就是："这个药方究竟要不要？如果要，到底又该如何开？"

对此，本人的回答十分鲜明：有没有这个药方并不十分重要，如果硬要开出个药方，那么我的选择就是"开卷有益"，"为阅读插上自由飞翔的双翅"。这里的关键词是"自由"二字，但需要特别说明的是我这里所说的"自由"有自己的特指（下面会具体阐释）。我之所以以此为药方，既有感于当下围绕着阅读的种种"善意指导"，也是想和大家分享一下自己的阅读之旅。

由于"全民阅读"已成为当下的一门"显学"，因此各界为之而"支招"者也不少。我没有做过这方面的专门统计，但常见的"招数"大致有"分级阅读""分类阅读""书目推荐""知识服务""精准推送"……凡此种种，各自有其道理、有其依据，而且大多也都会拉上一两位著名人物来牵头以加重自己主张的法码与权重。我当然完全相信，提出这些个主张的初衷绝对都是善意的，这些个主张在一定程度上一定意义上也都有其积极正面的意义与作用。但仔细分析起来，这些个招数看起来虽各不相同，但隐藏其后的又有一个共同的特点：那就是切分与限制。比如说"分级、分类"，单看这命名就是典型的切分，而切分的本质就是有所限制；比如"书目推荐"，有推荐的必然就有不推荐的，那不推荐的本质上又何妨不是一种隐形的限制；比如"知识服务""精准推送"，服务什么不服务什么、推送什么不推送什么同样也是一种切分与限制。上述形形色色的切分与限制，当然各有其存在的道理与长处，但既然有了切分与限制，那它们各自存在的道理与理由也就必然被限定在一定的范围之内，于是关于阅读整体性与混沌性的客观规律就在这善意的切分与限制中被悄然消解和解构了，这未必有益于人的全面发展。

也正是基于这样的理解和看法，所以我选择的药方就是"开卷有益"和"为阅读插上自由飞翔的双翅"，关键词"自由"二字，靶子就是冲着前面所言的种种"切分与限制"而来。在我看来，就一般意义上的阅读而言，"自由"二字当是何等的重要！为了说明这一点，我愿意向大家简略地回顾一下自己的阅读之路。

作为一个二十世纪五十年代后半期生人，自己人生第一个阅读需求的旺盛期也就是自己从小学到中学的时光正好完整地遭遇了"十年浩劫"，那是一个文化被野蛮灭绝的时代，差不多一直到七十年代末，社会上公开的出版物少之又少，而"文革"前的出版物又因大部分都被戴上"四旧"和"封资修"的帽子而被焚烧。我至今依然还清醒地记得，自己在那个时代基本上没看过一本新书，而所能读到的有限图书大都是被有些人家悄悄藏着而幸存下来的。这些图书不知传过了多少人之手，因而大都破旧不堪，有不少还是缺头少尾，有的书读过了甚至还不知道书名与作者，直到后来上大学和毕业后"恶补"时才逐渐将这些"零件"配齐。而自己阅读需求的第二个旺盛期则是从恢复高考后到八十年代末，那是一个思想大解放的时代，也差不多是一个阅读"饥不择食"的时代，尽管开始几年社会上一度出现"书荒"现象，但很快不仅原有的出版物得以重版发行，而且大量新的出版物也随着改革开放的不断深入和出版业的持续发展而得以面世。我还记得在1985年文艺理论界那场"方法论"大讨论的热潮中，许多过去我们闻所未闻的新学科与新读物扑面而来，当时究竟读了多少图书自己也说不清楚，其中没读懂的、似懂非懂的、读过就忘的皆有之。但随着自己人生阅历的增加，那些当时没读懂的、似懂非懂的后来好像也自然地明白了，当时忘记了的仿佛会自动在脑海里复活，而且理解与运用也会更加自如。我不知道这种现象该如何科学地解释，但这的确印证了"开卷有益"四个大字。

我毫无根据地猜想，这种阅读经历与感受一定不止于我这个个体，与我同时代的人的阅读之旅虽然会有差异，但共性之处一定不会少。回想起来，自己的阅读经历中既未分过级也没分过类，更不会被推荐书目所左右，读什么不读什么精读什么粗读什么完全依据个人的实际需求和兴趣进行取舍，但坚持读和多读书则已成为个人基本生活方式之一。在这个过程中，我深切地以为就普泛阅读而言，它之于人生既是一种终生需求，同时也存在着某种整体性与混沌性。就专业研究而言，当然需要深入研读，就人生成长而言，倒不如广一点、杂一点，让阅读自由地飞翔！